让我们 一起追寻

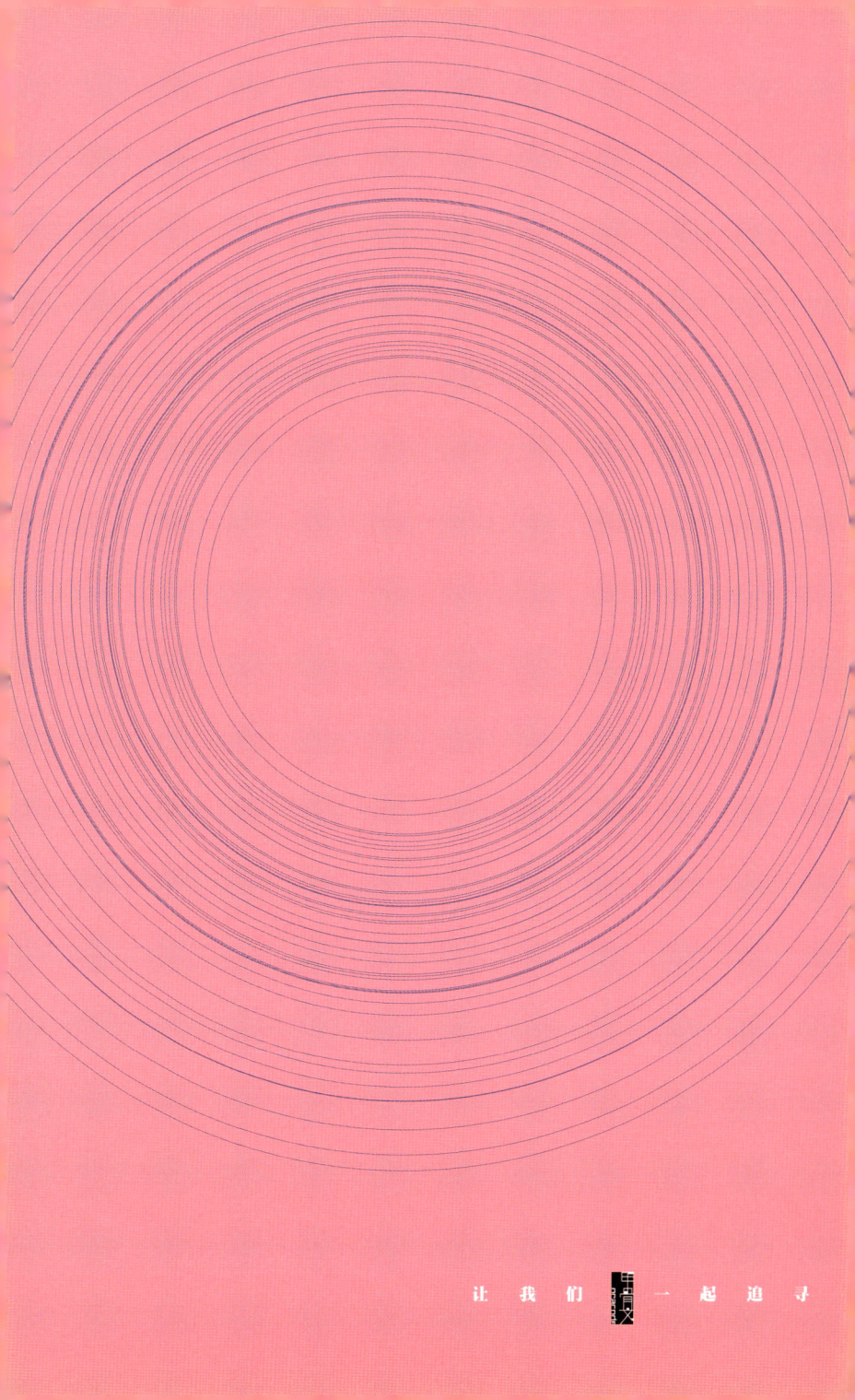

Copyright © Miyazaki Junyichi, 1995
This simplified Chinese edition published 2021
by Social Sciences Academic Press, Beijing.
All rights reserved.

青年
井上靖

若き日の井上靖
詩人の出発
诗与战争

〔日〕宫崎润一 著
刘东波 译

社会科学文献出版社
SSAP
SOCIAL SCIENCES ACADEMIC PRESS (CHINA)

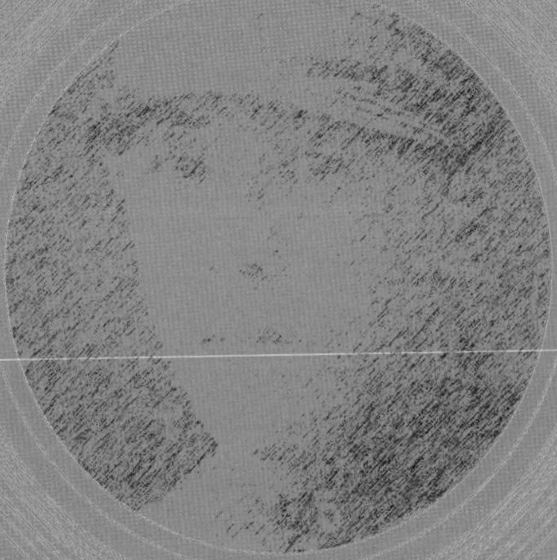

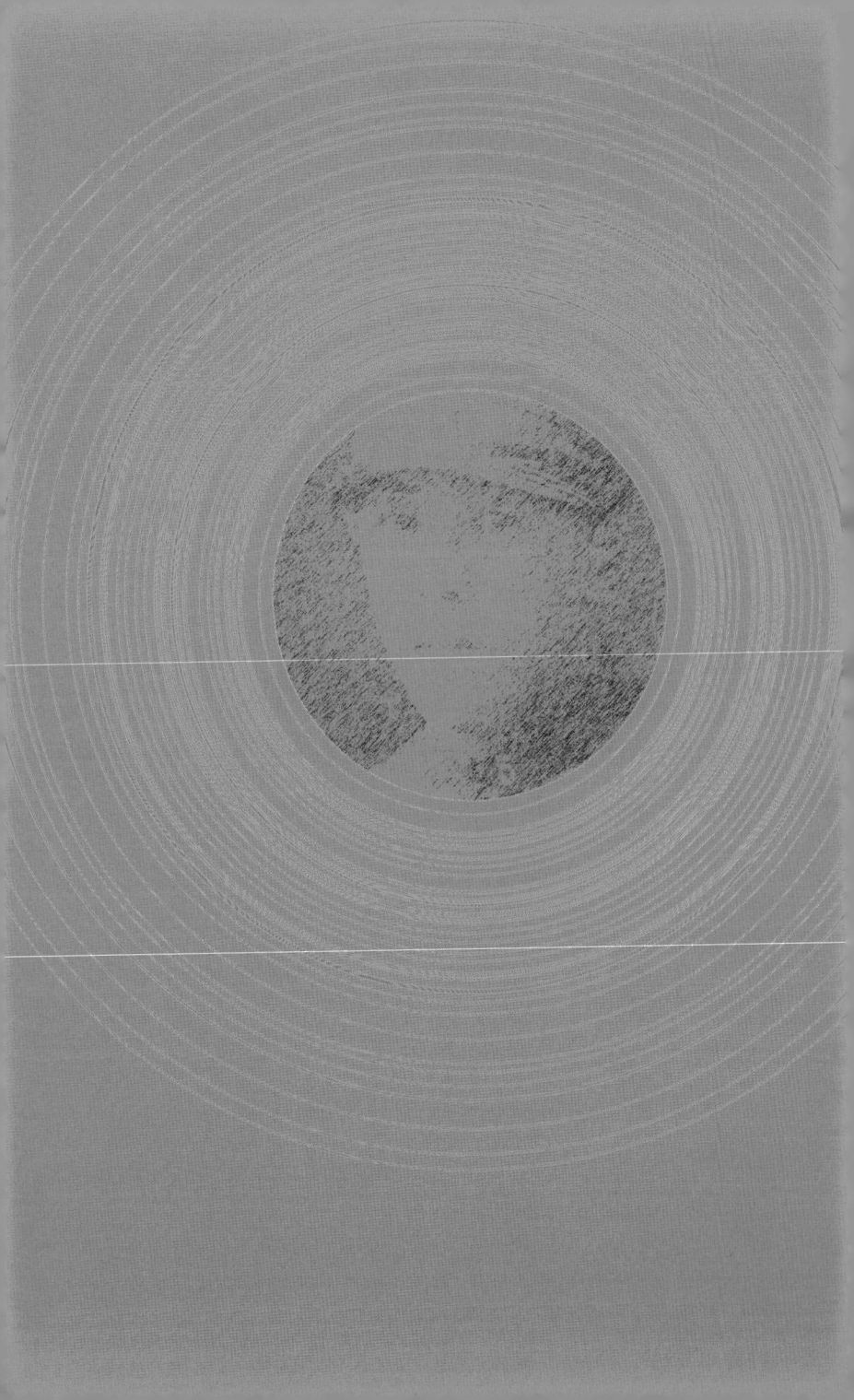

井上靖

明治四十年（一九〇七）五月六日出生于北海道上川郡旭川町（现旭川市），平成三年（一九九一）一月二十九日于东京都中央区国立癌症中心去世，享年八十三岁。戒名为峰云院文华法德日靖居士，墓地位于静冈县伊豆市，葬礼由司马辽太郎主持。

井上靖是日本近现代著名的作家、诗人和社会活动家。曾任日本艺术院会员、日中文化交流协会常任顾问、日本文化财保护委员会委员、日本文艺家协会理事长、川端康成纪念会理事长。

井上靖是一位多产的文学家，出版过五部诗集，即《北国》《地中海》《运河》《季节》《远征路》；但主要成就还在于小说，新潮社曾出版其小说全集共三十二卷，其中《猎枪》让他名噪文坛，《斗牛》获得第二十二届芥川奖，《天平之甍》获艺术选奖文部大臣奖，《冰壁》获日本艺术院奖，《敦煌》《楼兰》获每日艺术奖，《苍狼》获文艺春秋读者奖，《淀殿日记》《孔子》获野间文学奖，

青年井上靖

《风涛》获第十五届读卖文学奖,《俄国醉梦谈》《本觉坊遗文》获日本文学大奖,等等。井上靖本人也于一九七六年获日本政府颁发的文化勋章,一九八六年被北京大学授予名誉博士学位。

井上靖一生二十七次访问中国,创作了很多中国题材的作品,对中国历史和文化的感情至深。其主要作品均已被翻译为中文出版。

本书获誉

多亏宫崎老师不辞辛劳前往各地调查,让我在拜读本书时能够回忆起靖生前的情景。

——井上文(井上靖夫人,已故)

宫崎老师搜集了很多能够展现父亲年轻时的生活细节的资料,塑造了一个作家形象,这个形象与养育我的父亲形象相互映照。

——井上修一(井上靖长子、井上靖文化财团理事长)

我曾在井上靖研究会见过刘东波老师多次,并听过其研究发言。得知刘老师这次能将宫崎润一老师所著《青年井上靖》一书翻译为中文出版,我作为井上靖的女儿,觉得没有比这更让人高兴的事了。

——浦城几世(井上靖长女)

父亲一生都对宏大的大陆文化历史兴趣盎然。关于父亲的

青年井上靖

研究著作能够在中国翻译出版，真让我喜不自胜。

——黑田佳子（井上靖次女）

此次的新书，不单单是基于调查结果对作品的解读，更多的是通过细心聆听井上靖在作品中所表达的心声，继而将听到的和查到的东西进行比对之后对作品进行诠释。我认为，正是宫崎先生的此种态度和方法，才让有些许瑕疵的本书得以成为一部极具说服力的论著。

——工藤茂（井上靖研究权威学者、
原日本别府大学教授，已故）

本书基于细致的调查，清晰地勾勒了登上文坛以前的井上靖的人生轨迹，可谓是具有划时代意义的一本著作。青年井上靖内心的风景也随之浮现出来。

——高木伸幸（别府大学教授、井上靖研究会会长）

这是一本将井上文学中流淌着的诗情细致、生动、明快地表现出来的好书，对井上文学的敬仰之情展现得恰到好处。

——井上靖文学馆

从本纪念馆的顾问浦城几世女士那里听说过本书译者刘东

本书获誉

波老师的事情,他在年轻一代学者当中非常活跃。宫崎老师的大著由他翻译,相信会是一部绝佳的译本。

——井上靖纪念馆(北海道旭川)

井上靖是近代日本一位多产质优的大作家、文豪,也是中日友好交流的和平使者。截至目前,国内已有很多井上靖的文学译本面世,但相关的学术译著暂付阙如。此次刘东波博士这部学术译著的出版,可谓是填补了国内井上靖研究方面的空白,具有重大的学术意义。

——魏大海(著名翻译家、日本文学研究家、中国社会科学院研究员)

井上靖曾到访中国多达二十几次,创作了一大批中国题材的历史小说,是日本近代文豪之一。本书为井上靖青年时期的传记研究,也是第一部被译介到中国的井上靖研究专著。作者通过大量实证分析,解开了多年来困扰学界的诸多谜团,值得一读!

——谭晶华(著名翻译家、中国日本文学研究会会长、上海外国语大学教授)

目　录

序　／　1

前　言　／　1

第一章　四高时期　／　1

1. 四高柔道部　／　1
2. 诗人的诞生　／　14
3. 以四高时期前后为题材的小说　／　24
4. 在金泽的诗　／　28

第二章　弘前时期　／　42

1. 关于《文学 abc》　／　42
2. 《文学 abc》时期的青年井上靖　／　50
3. 昭和五、六年井上靖的收获　／　61
4. 昭和五年：井上靖年谱空白期的内幕　／　70
5. 《文学 abc》中的六篇诗作　／　78
6. 井上靖《文学 abc》时期的真相　／　96

第三章　执念的轨迹　/　101

1. 昭和六年的诗　/　101
2. 《昂首前行》　/　105
3. 《不要呼唤春天》　/　109
4. 萩原朔太郎与井上靖　/　112
5. 《极》《嗤笑》　/　123

第四章　自立的探索　/　131

1. 昭和七年的诗　/　131
2. 散文诗《渴》与京都帝大时期　/　137
3. 《渴》之后的女性形象　/　146

第五章　短暂的战争经历　/　173

1. 战时的诗　/　173
2. 作品中对于战争的描写　/　180
3. 井上靖的战场体验　/　186
4. 井上靖战争系列作品的真相　/　215
5. 再论战时的诗　/　218

中文版后记　/　229

译后记　/　234

注释与参考文献　/　241

序

工藤茂[*]

本书的作者宫崎润一先生,是诗刊《焰》的同仁。话虽如此,我和他却不曾有过直接接触。经《焰》的主编福田美铃女士介绍,我才认识了作者。实际上此文也本应由福田女士执笔,但因为她知道我写过《挽歌的源流》[①]这本关于井上靖的书,所以就把这项工作推给了我。我也因为看到关于井上靖的最新论著而太开心,不知怎么的就接手了,总觉得对宫崎先生有些抱歉。

宫崎先生早于一九九一年二月就出版了名为《井上靖研究——青年时代的轨迹》(『井上靖研究—若き日の

---

[*] 工藤茂(1932—2017),原日本别府大学教授,井上靖研究领域权威学者(信息由井上靖研究会会长、别府大学教授高木伸幸提供)。(本书所有脚注均为译者注或编者注,后文不再特别说明。)

[①] 工藤茂『挽歌の系譜』日贩、昭和五十八年四月。

魂の軌跡—』）的著作。出版不久，我就收到了那本书。书里夹着一张明信片，写着关于他调职的消息。与此同时，上面也写到他刚完成上越教育大学研究生院的硕士课程。明信片上还附了一段话："平日里承蒙《焰》相关人士的照顾。生平首部拙论，还请笑纳。"翻开书，后记中写着"多亏了相马正一教授的指导，才能完成此书"这句话。也就是说，那本书是宫崎先生将其硕士论文整理出版的成果。

上文提到的杂志《焰》，是在继承了由福田正夫主办的同名杂志（后文称旧《焰》）的基础之上于一九八五年创办的诗刊。井上靖在晚年也算是这本杂志的同仁。正因有此渊源，宫崎先生应该从井上靖和福田美铃女士那里得到了很多有价值的信息，从而完成了硕士论文。"承蒙关照"指的应该就是这段往事吧。此外，宫崎先生现在还活跃在《焰》的第一线，经常在上面发表一些关于井上靖的评论。

我想宫崎先生恐怕是从福田女士那里了解到我的情况，才将著作相赠的。或者说，他也许是想以此换取拙著。因为在之后，如他所愿，我将拙著《挽歌的源流》赠予了他。不管是出于何种原因，我和宫崎先生就是如此相识的。

我马上拜读了该书，并将感想写在明信片上。

（前略）今日收到著作，十分感谢。迫不及待地看完了全书。感佩于您资料调查之彻底，遵循文献完成论文态度之严谨。仅这点已是难能可贵。书中介绍了很多不为人知的新发现，让我受益匪浅，对此非常感谢。不过，非要提意见的话，我觉得也许可以在此资料的基础上，写出更加精彩的论文。非常期待您今后研究的进展。

该书虽是私家版，却受到学界的广泛认可。福田宏年著《增补井上靖评传录》（『増補井上靖評伝覚』、一九九一年刊），以及《新潮日本文学相册48：井上靖》（『新潮日本文学アルバム48　井上靖』、一九九三年刊）的主要参考文献部分都介绍了该书。本书是在该书的基础之上，整合了宫崎先生其后在杂志《焰》和《上越教育大学国语研究》上发表的论文，从而以全新的面貌出版的。

悄悄地提一下，宫崎先生这本著作其实也有些许瑕疵：时不时会出现一些主观的判断，偶尔也会轻易下一些论断。但瑕不掩瑜，书中有非常多出色的新见解。或许可以断言，本书将会是今后井上靖研究中不可或缺的一本书。在此，我想介绍本书的三个特点。

第一点，本书借助已故宫崎健三拥有的《文学 abc》杂志的副本、当时井上靖给宫崎健三写的书信，以及旧

青年井上靖

《焰》相关资料，并以此为基础，结合调查过井上靖住所的福田美铃女士所写《井上靖老师年轻时候的一些事》(「井上靖先生若き日の消息」「焰」第二三号) 一文的内容，将此前几乎不为人知的井上靖在弘前时期的往事展现在世人面前。

第二点，福田宏年先生曾指出，《猎枪》中的"白色河床"这一主题始终贯穿于井上文学。宫崎先生发现这一主题的萌芽始于诗歌《昂首前行》(「面をあげてゆく」) 中的一句话："给穷途末路的男人，只有一条，敞开的路。"不过，要说井上靖是因为《渴》中的"没有一滴水的，冷泉"这句诗（第145页），以及在中国元氏这座小县城与所属的新野部队诀别之日的雪景，才把白色的意象深深镌刻在了心上，还是欠缺说服力的。

此外，第三点是关于"战争"的部分。本书发掘了战争时期井上靖的诗《颂春》(「この春を讃ふ」) 和《走向山西》(「山西へ」) 的内容。宫崎先生根据西川喜三郎的手账[①]、杵塚清次的军队手账和证言，以及稻森佑一的证言，再现了井上靖的战场经历。恐怕在截至目前的

---

① 指常备于手边，为免遗忘而记录各种各样事情的小笔记本。现代日本人将其用作制订日程、行动管理和时间规划等，手账已成为日本人不可或缺的日常生活用品（参考小学馆出版《日本大百科全书》井原泰树所撰条目）。

井上靖研究中，这部分内容还从未被清晰明了地介绍过。

话说回来，我认为与作品的相遇即文学研究的开始。首先与作品相遇，然后通过阅读，静静地聆听作者通过作品想表达的内容。随后，我们会得到各种各样的收获和体验。

比如，读井上靖的小说《夜之声》。通过小说主人公千沼镜史郎和孙女小百合的人物关系描写，我们可以体会到作者初为外祖父时的心情。果然，井上靖去世后，井上卓也先生①在《再见了，我的教父》（『グッドバイ、マイ・ゴッドファーザー』）中写道："准确来说，父亲应该是在五十六岁的时候当上了外祖父，也就是我大姐生了第一个女儿的时候。"从那时开始，"可怕的父亲"井上靖变得和以往不同了。"好像变得难为情了一点，或者说脸上的笑容变得多了起来。父亲竟开始溺爱起这第一个外孙女了。这简直可谓翻天覆地的变化。（略）也就是说，连'一般的父亲'都算不上的这个男人，竟变成了再普通不过的一个外祖父了。"

顺便补充一下，井上靖五十六岁那年是昭和三十八年，而《夜之声》在《每日新闻》上连载是昭和四十二年的事情。这部小说是作者在有了第一个外孙女之后执笔

---

① 井上靖的次子。

创作的。

　　宫崎先生应该是从发掘调查井上靖早期诗歌开始研究的。之后,他结合调查结果对作品进行了解读。上文提及的《井上靖研究——青年时代的轨迹》一书列出了很多调查的成果。此次的新书,不单单是基于调查结果对作品的解读,更多的是通过细心聆听井上靖在作品中所表达的心声,继而将听到的和查到的东西进行比对之后对作品进行诠释。我认为,正是宫崎先生的此种态度和方法,才让有些许瑕疵的本书得以成为一部极具说服力的论著。

前　言

凭着《斗牛》和《猎枪》，井上靖犹如彗星一般在文坛闪亮登场，迅速成为时代的宠儿。从流行作家到文坛巨匠，从战后到平成，文豪井上靖好比文坛上闪耀的北极星，一时间名声大噪。然而，他是何时、以何种方式走进文学世界，怎样开始进行文学创作的等问题，一直是未解之谜。

虽然井上靖在获得芥川奖之后一直处于聚光灯下，但如果查询现有年谱会发现，他在得奖之前的生平事迹仿佛被云雾笼罩着一般。尤其是四高时期前后、战争经历、每日新闻报社的记者生活等，几乎没有人做过相关研究和介绍。这就是目前的研究现状。

本书以井上靖的青年时期，特别是从四高时期到进入旧制京都帝国大学（后文简称"京都帝大"）学习期间创作的诗为中心，探寻其灵魂的轨迹。此外，一直以来人们都认为井上靖在获得芥川奖时已经是一位成熟的作家。针

青年井上靖

对这种说法，本书通过研究井上靖从在每日新闻报社做记者到应召入伍期间的生活，从一个全新的角度分析和解读井上靖文学的意义。

本书将围绕年轻诗人井上靖展开叙述，而井上靖自己在《西行——流浪的歌人》（『西行—さすらいの歌人』学習研究社、一九九一年六月）一书中曾如此写道：

> 如西行这般对自己私生活保密的文学者实为罕见。他只留下了优秀的和歌。
>
> 当然，西行并不是有意为之的。虽因身处源平争霸时代而受到乱世的影响，但在他看来，文学者就应该笔耕不辍，只留下作品就已足矣。（中略）此外，我认为只有西行的和歌才是耐人寻味的，读得越多越能触碰到作品的灵魂。和歌与诗歌这种东西，本来就应该如此。

的确，正如井上靖所言，诗歌这种文学作品，就应该这样去读。然而，如果说从作品的一个侧面能捕捉到作者所表达的内涵，那么"历时性地阅读"其作品则能看到作者心境的变迁。西行是在二十二岁出家遁世的，井上靖也在同样的年纪开始创作诗歌。也许不只笔者认为，井上靖在冥冥之中感受到了其中蕴藏着的某种因缘吧。

宫崎润一

# 第一章　四高时期

1. 四高柔道部

在《北都秋意浓，四高六十余年的历程——第四高等学校史》（以下简称为《第四高等学校史》）[1]里，有从昭和二年到昭和四年为止关于全国官公立高等专门学校柔道大会（以下简称全国高专柔道大会）的记载。

昭和二年度
道场里洋溢着迎接四月新生的昂扬意气。十九日练习后二、三年级的老部员留下来，举行南下军的宣誓仪式，从二十日开始分昼夜两次进行练习。五月之后，很多前辈到场，我们开始认真备战。十六日，校长、部长亲自到场观战。（略）那个时候不

青年井上靖

断有诸位前辈来泽①鼓励。七月二日考试一结束，便开始集训。九日晚，星影稀疏，在仙台原野举行了与八百校友的告别仪式。十三日早，在多人的目送下南下。

之后是关于比赛的具体内容，文风勇猛依旧。柔道部部志《南下军》（因把在京都武德殿举行的全国高专柔道大会中部地区预选赛称作南下战而得名）也使用同样的记述方法，因此可以从字里行间看出当时第四高等学校（四高）柔道部部员的气魄。井上靖应该就是上文提到的昭和二年度的新生之一。此外，《北之海》（「北の海」）中关于在无声堂②的内容，恐怕也是根据这时候的体验而写的。为了更进一步了解四高柔道部，从井上靖还是新生阶段的昭和二年度柔道部部志《南下军》中摘录部分内容来加以说明。（原文由片假名和平假名写成，透露出柔道部那种豪迈奔放的文风，且有些错别字和不能辨识的文字。）

首先，在昭和元年度末的部分记载着如下内容。

---

① 金泽的简称。
② 四高进行柔道、剑道、弓道练习的场馆。

第一章　四高时期

三月三十日　鉴于部员人数有所减少，为了保证四月的练习效果，遂将集训提前到本月末结束。

三月三十一日　上午、下午两次进行训练比赛。傍晚六点，由于天狗（日食）影响，集训结束；同时为水岛□前辈开送别会，直到九点解散。此刻□前辈变得无比□亲切。

该年度的记载就到此为止。从"部员人数有所减少"这一内容就可看出，两年后井上靖就任柔道部部长时所面对的部员人数不足的问题，从那个时期开始就已经非常严峻了。

新年度第一学期的记载始于四月十一日，"下午两点起备战南下，部员还没有到齐"，由此可知各部员尚未归校，仍身处遥远的家乡。关于柔道部的方针和新部员的记载，可见于四月十五日："午后七时始，与干部宫地二阶见面并确定新学期的方针；新部员木津君今早开始了首次练习。"翌日的十六日，记载着关于招揽新部员的内容，"傍晚于宿舍确定了新部员□□。现在新部员有三十九名"之多。这是部员们为解决人员不足而连日奔走、招兵买马的成果。

井上靖的名字在《南下军》中登场，是在四月二十六日。在那日举行的第二次红白战中，井上靖作为白军的次锋首次登场。他战胜了红军的次锋藤冈康治，但输给了对方的第三位选手大野治雄，最终战绩为一胜一败。新学期伊始就忙得够呛。二十八日的记载提到"因过度疲劳影响练习，遂从今日起先暂停晚间训练"，由此可见，他们疯狂进行地狱式训练，这或许可以称为高中男生的特权。

一边忙着自己的练习，一边还得顾着前辈们好不容易招来的新部员。"五月三日，在叶习寮①举行新寮生的欢迎仪式。"不过这个欢迎仪式好像起到了反作用，"五月五日，出席的新部员减少，明日分头狩猎狙击"，他们采取了这种很有柔道部风格的粗暴手段，督促着新部员出席。"狩猎狙击"这种表述很能体现当时的情况。他们最终取得了不错的战果："五月七日，狩猎狙击见效，今日有相当多的新部员出席。"

下面是四月二十六日以后井上靖在柔道部的活动情况："五月七日，进行久违的车轮战"，举行了曾根（一打三）、森（一打三）、柴田（一打三）、东（一打三）、各务（一打三）、正井（一打三）、泷川（一打四）的训练。井上靖作为最后登场的泷川一美的第四个对手首次出战，他的首场训练赛以"逆"获得一颗白星。② 这种车轮

---

① 寮即宿舍，寮生指住在宿舍里的学生。
② "逆"为柔道术语，指反向弯曲对手关节的技巧，又称"关节技"。"白星"常用于相扑、柔道等比赛中，意为获胜。

战训练，是模拟实战比赛的一种训练模式，因为一名选手要不断接受多名对手的挑战并决出胜负，所以这种练习方法要求选手具备相当旺盛的精力和强大的体力。当然，三人、四人、五人……对手越多，对战就会变得越残酷。在四高柔道部里，这种通过车轮战不断挑战训练者体力极限的方法，被叫作"飞机"。作为新部员的井上靖也不例外地接受着这种训练，但是可以推想，如果他没有相应实力的话也不会被派出场。

下面是井上靖在进行车轮战训练赛时的记录。

"五月十日，下午三时起，短暂训练之后开始一对五车轮战，十四架飞机起飞，胜果七成。"井上靖与三号机正井选手对战，在一对五车轮战中继首位登场的木津之后登场，使用"三角绞"又摘得白星。之后在与六号机柴田选手对战中首位登场，被"绞技"攻破，拿到黑星。在与十号机大野选手的对战中，第三位登场，打成平手。在与十二号机二本选手的对战中，末位登场，被"崩上四方固"攻破，拿到黑星。这天的成绩合计为一胜两败一平。

翌日的十一日也是一对五车轮战，作为二号机二木选手的第五名对手进行对战，以"腰投"摘得白星。在与五号机正井选手的对战中第二位出场，被"上四方固"攻破，拿到黑星。这一天是井上靖作为"飞机"选手的

青年井上靖

训练员的第三天,他的实力得到认可,获得了作为"飞机"选手进行训练的荣誉。井上靖作为十七号机与五名选手进行了对战。结果如下:

　　第一人　战小暮　平。

　　第二人　战宗宫　白星。

　　第三人　战稻木　袈裟固　白星。

　　第四人　□□(因被墨迹遮挡无法判读——笔者注)立四方固　黑星。

　　第五人　战森　绞　黑星。

　　合计两胜两败一平。

五月十三日,作为八号机进行一对三车轮战。对战柴田、本田、筱原三人,皆取得白星。

之后,作为十四号机后藤选手的第一位对手与其对战。(关于战果,唯有此处缺少胜败的印记,因此战果不明。)

五月十七日,作为五号机各务选手的第三位对手与其对战,被以"逆"击败而获得黑星。

五月十九日,记载着"今日岛田前辈从京都,谷、□谷两位前辈从本校,高野、川口两位前辈从东京大驾光临"。这天,为了在众前辈面前展现近期的练习成果，二十七名部员分成两组举行了红白战。作为红方三号位的井上靖，对战击败二号位池田的正井，告败。这场比赛最终虽以红方获胜而结束，但井上在此战中未立寸功。

五月二十日，一对五车轮战。井上作为七号机鹤选手的首位对手，败北，黑星。

六月十日，井上作为与正井对战的五名选手之一，原定第四位出战，记录上却写着"中止"字样。

以上简要摘录了昭和二年度《南下军》中有关井上从入学到第一学期结束的三个月间活动的记载，从这些记录可知，井上虽只是新生，但展现了较强的存在感。在经历了高强度训练之后，加入了四高内名声响亮的柔道部，这让井上找到了自己新的闪光点，使他带着喜悦和希望开始了在四高的生活。

关于那年的柔道部，《第四高等学校史》中昭和二年度的内容，以下文作为结束。

> 如此，在十八日上午十一时举行的决赛中与宿敌六高对战，虽说我方善战，但对方还有五名选手尚未出战，四高没出息地三战三败。呜呼，一整年的努力都化为泡影，不仅未能雪耻，而且被六高夺走了优胜旗。

青年井上靖

最后一句简洁地表达出了他们的懊悔,从中可以清楚地知道柔道部全员的心理。

翌年的昭和三年以更加奋进的记录开始了:"昭和三年度,北星陨落七年。在无数前人血泪的废墟前,如今只有泪水。今年可谓是决定命运的最后决战,专心一意,一个劲儿地朝着获胜苦练。"后来,井上靖回想起这段时光的时候,在《我的自我形成史》(『私の自己形成史』)中写道:

> 在四高时期我听到过这样一句话:"在柔道上,练习量决定一切。"因为受这句话的刺激,我在高中理科的三年里将一切都投入了无声堂。一点都不后悔。
>
> 还有一句话是:"在我之上的星空和居我心中的道德法则。我无需寻求它们或仅仅推测它们。"[1] 从听到康德这句名言算起,已过去了半个世纪,时至今日我还是未能参透。
>
> 告诉我柔道那句话的蓬头乱发的朋友已战死在大陆;教给我康德名言的那个文科学生,我已不记得他

---

[1] 此处为康德名言,译文参照〔德〕伊曼努尔·康德《实践理性批判》,韩水法译,商务印书馆,二〇〇九年。

的容貌了。谁曾想，那时的初次会面后竟是永别。

第一句话无疑是对柔道的完美诠释，井上应该是用实际行动践行了这句话吧。后一句话属于下文将会提到的与诗作相关的部分。在无声堂"一点都不后悔"的生活正是其中一个断面，那里有《北之海》中描绘的绚丽青春。

《第四高等学校史》中有昭和三年度全国高专柔道大会中部预选赛半决赛的对战表，特摘录于此[2]：

表1

	前锋												副将	大将
四高	×大伴	×藤野	×须藤	×井上	×森	●正井(初)	杉原(初)	●曾根(初)	●二木(初)	×鹤(初)	×柴田(初)	×宫崎(二)	×东(二)	○石村(二)
松山高中	×中岛	×山内	×米泽	×中野(二)	×中川(初)	○町野(初)	×森本	×佐佐木	×平野(初)	×小林(初)	○野田(初)	●后藤(初)	井上(初)	团野(二)

×代表平局，○代表获胜，●代表败北。四高队里二段有三人，初段有七人；与此相对，松山高中队里二段有两人，初段有七人。从有段位者的数量上来说，四高是有利的。而且四高拥有在全国高专柔道大会中部预选赛中连

青年井上靖

续三年出场的石村、东、宫崎、杉原等老手，由此看来，之前说的"今年可谓是决定命运的最后决战，专心一意，一个劲儿地朝着获胜苦练"应该没有丝毫的夸大。

从此对战表可以看出四高与松山高中的对战部署。四高先派无段位的前锋大伴出场，后面派了正井初段、宫崎二段、副将东、大将石村，这在一定程度上保持了阶段性的优势；与此相对，松山高中在前锋中岛之后，在第四位配置了中野二段，随后安排了初段的中川和町野上场。松山高中剩下的二段只有大将团野。安排中野二段第四位登场，显然是为了让他击败更多的四高选手从而获胜。关于中野二段的实力，以井上靖自己为首的很多人都有提到，故在此不做赘述。正如表1所示，与中野二段对决并取得平局的井上靖应该可以说出色地完成了自己的任务，为了让四高向胜利迈进做出了极大贡献。

关于拥有初段的四高前辈竟然败给松山高中无段位的选手这件事，在对战中逼平中野二段的井上靖应该是感到极为愤慨的。还只是高二学生的井上靖，从入学时起就被彻底地灌输了"不输的柔道，一人一杀的柔道"这句话。对于既没有体力又没有经验的人来说，为了在柔道中获胜，只能像手握匕首刺杀对方一样力求一人一杀，苦练跪摔技术了。如用跪摔术就很难被对方绝杀，最差也能战平。井上靖就是接受着这样的指导在无声堂度过了一年。

其结果就是，井上靖的耳朵成了柔道耳①，这也算是他在四高时期练习跪摔术留下的勋章吧。

旧制高中的社团活动，都是在前辈后辈这种上下关系以及严苛的规矩下进行的，恐怕四高的柔道部也不例外。在这种环境下一直以来对前辈的命令都是绝对服从的井上靖，经历了这次全国高专柔道大会之后，看着前面介绍到的前辈们令人失望的结果，自然会陷入一种对前辈失去信任的状态。那么，这种不信任感，延伸到对柔道部训练方法的质疑，甚至扩大到对组织方式的批判，难道不是很自然的吗？此外，也可以将此看作为翌年发生的退部事件埋下的伏笔。全国高专柔道大会中部预选赛的情况如下：

> 京都帝大主办的全国高专柔道大会中部预选赛于七月十五日至十九日在京都武德殿举办。参赛校有十四所。四高在与爱知医大预科、松江高中的比赛中游刃有余，尚有五名选手没有出战就已轻松获胜，挺进半决赛与松山高中对战。两军实力不分伯仲，从前锋开始就不断战成平局战，直至中坚选手出场，正井、曾根、二木陷入苦战，终因对方还有两人未出战而败北。

---

① 指的是在柔道训练中，高强度训练造成的耳郭皮肤和软骨间出血，这部分淤血未进行处理甚至反复受到刺激，就容易形成血块残留，逐渐纤维化，最后变成较硬的组织，造成耳朵变形。

青年井上靖

以此为契机,高三学生逐渐引退,之后就主要靠井上靖等高二学生了。十月上旬远征爱知医大主办的中部高专柔道大会,获胜。十月中旬参加金泽医大主办的北陆关西高专柔道大会,四度成功卫冕。

虽不知是不是井上靖在其中起了带头作用,但可以想象,在检验暑假练习成果的两场地方大会中接连获胜,使柔道部在七月低沉的士气一下子被激发了。但是,这时井上靖的心理状态有些变化,其最早出版的诗作《冬日来临那天》(「冬の来る日」)中写道:"十月的沙丘午后离我心渐远/十月湛蓝的天空中可曾留下什么眷恋?"其中"十月"蕴含的意义让人介怀。《冬日来临那天》是井上靖在四高二年级的二月发表在《日本海诗人》上的作品,当然那时的他还在柔道部,诗的内容似乎是针对即将到来的冬天,对自我进行重新审视之类的东西。这个时期,正如井上靖自己说的那样,一般被认为是受到了室生犀星《鹤》(昭和三年九月)的影响。关于这件事情,虽然之前在拙著《井上靖研究——青年时代的轨迹》中也有论述,但在以柔道部的相关资料为中心进行再次整理时有以下两点收获。

其一是家人的搬家和之后寄宿生活的开始,其二是整日埋头于柔道部的生活和在柔道部里成长的苦恼。关于其家人移居至弘前的事,藤泽全著《青年时代的井上靖研究》[3]中关于"其父隼雄"部分的记录比较详细,没有什

第一章 四高时期

么特别需要补充论述的地方。但井上靖与柔道的关系，我认为有进一步探讨的价值。

那么，让我们回到《第四高等学校史》来看，翌年昭和四年的记录与前后几年相比，尽是些毫无霸气的内容。出场选手姓名、对战内容全无记载，只写着不光彩的战果。全国高专柔道大会之后，井上靖等高三学生大量退出柔道部，果然还是有影响的。井上靖在四高的三年间，柔道部登上顶峰是在昭和三年。进一步挖掘井上靖柔道部退部事件的背景之后，便可逐步理解这段经历与其后来开始散文诗的创作有着极其重要的联系。

关于从柔道转向诗作的时间节点，井上靖的随笔文章《付出青春的一份热情》[4]记载了围绕柔道部的运营方式（为劝诱新部员而减少练习时间等）与前辈产生对立后，以主将井上靖为首的几人在全国高中生运动会前为承担责任而退部的来龙去脉，然后写道：

> 我在这个时候就离开柔道部开始写诗了。直到毕业那天，我每天都在模仿作诗，写了一些看起来像诗的文章，其实只是一点一点把它们写在笔记上而已。我觉得这段在四高柔道部的生活，总的来说还是对我的人生产生了重要的影响。之前不抽烟也不喝酒，因为只有这样练习才会顺畅一些。那时真是极度压制了

自己欲望。能成功压制住，不过是因为柔道练习让身体承受着无尽的疲惫而已。

这段文字中没有提到什么社会背景，也没有谈及什么苦恼，只记载着柔道对自己的影响。泛泛而读的话，从中可以看到他从柔道转向作诗的简单缘由。此外，提起四高时期，便会让人不自觉地联想到小说《北之海》里阳光率真的一群年轻人。但《北之海》是初入老境的井上靖淡淡地回想其青少年岁月而创作的作品，从中可以看到井上靖将年轻人都会有的不安与烦恼都排除掉，特意纯化作品的创作倾向。其后创作的《小时候的事——青春放浪》（『幼き日のこと—青春放浪』，下文简称《青春放浪》）中收录的文章也有类似的倾向。

2. 诗人的诞生

根据坂入公一的资料[5]，在《日本海诗人》杂志上刊载的《冬日来临那天》这篇作品是井上靖最初发表的诗作。此外，福田宏年著《增补井上靖评传录》[6]中也有同样记载。福田在其制作的年谱中，如下描述了井上靖的昭和四年（二十二岁）（以下本书中涉及的年谱均为福田版年谱）：

第一章 四高时期

围绕柔道练习时间的问题与前辈发生冲突,为了承担责任而成为首个退出柔道部的高三学生。从此时起开始作诗,给富山县石动町的诗刊《日本海诗人》(负责人为大村正次)投稿,在二月号上以笔名井上泰发表了题为《冬日来临那天》的诗作,并以此为开端不断有作品被采用发表。同时期,成为东京的诗刊《焰》(负责人为福田正夫)的同仁。十一月,参与了高冈的同仁杂志《北冠》(负责人为宫崎健三)的创刊。此外,这一年不断有诗作在《高冈新报》上刊载。

以《冬日来临那天》为出发点,井上靖其后也持续在《日本海诗人》《焰》等诗刊上发表作品。在刊载《冬日来临那天》的那一期《日本海诗人》上,也刊载了井上靖问候杂志同仁兼表明信念的一段话。

> 哪怕是一首,也想写出让人有食欲的诗,让人忍不住想去品尝的诗。不,我想去创造这样的诗。对现在的我来说,还只是停留在写诗而不是作诗的阶段。这也正是我苦恼的地方。最近在一点一点地读法国诗人的作品。很怀念富山当地研究"诗"的浓厚氛围。去了金泽之后难免感到一丝寂寥。在

青年井上靖

> 四高,用真诚的态度认真作"诗"的人真是寥寥无几。
>
> (井上泰《日本海诗人》消息)

这是井上靖提及自己作诗方针时写下的一段意味深长的文字:"想写出让人有食欲的诗,让人忍不住想去品尝的诗。"

然而实际上,"对现在的我来说,还只是停留在写诗而不是作诗的阶段"。从这可以看出他自己也承认,那时的诗作只是在用头脑创作,还不是源于感情的真实流露。从时间节点来看,那时很可能是四高二年级的秋冬季节。因为他写道:"在四高,用真诚的态度认真作'诗'的人真是寥寥无几。"这应该是对当时四高的状况有感而发。

这个时期(从《日本海诗人》昭和四年二月号刊行时间推算应该是昭和三年,即四高二年级的晚秋时节),年少的井上靖看到了什么,又感觉到什么了呢?下面,我将从当时的社会形势、与之相伴四高的风气、柔道部的状况,以及井上靖自身的成长经历四个角度来分析这一问题。首先,关于当时的社会形势,《国民的历史》(「国民の歴史」)[7]如此写道:

> 昭和的历史,以恐慌揭开了序幕。年号从"大

正"变为"昭和",那是一九二六年十二月二十五日,因此昭和元年实际上只有一周而已,昭和最初的年份应该是昭和二年即一九二七年。这年三月,日本经济陷入混乱,伴随着当时内阁的倒塌,引起了"金融恐慌"。

从大正末期到昭和初年的日本,本就因昭和二年(一九二七)的金融恐慌进入慢性萧条期,紧接着从昭和五年(一九三〇)开始,更是坠入了恐慌的深渊。日本的昭和初年,真可谓是恐慌的时代。此外,一九二九年爆发的世界经济危机,大概从一九三〇年(昭和五年)起到一九三三年(昭和八年)席卷了日本,史称"昭和恐慌"。就目前来看,昭和恐慌在日本资本主义的历史上影响之深、涉及范围之广,可谓是空前绝后,这既是世界经济危机的一环,又与日本资本主义原有的痼疾联合爆发,尤其因为后一点,所以事态非常严重。

与恐慌并行的还有军部的抬头:昭和二年,日本第一次出兵山东;昭和三年,第二次、第三次出兵山东;昭和五年结成了樱会①;昭和六年,三月事件、十月事件、满

---

① 日本陆军青年军官组成的法西斯秘密团体,成立于一九三〇年。

青年井上靖

洲事变①相继爆发;昭和七年,上海事件②、五一五事件爆发,这一系列事件将日本引向了战争的道路。井上靖在四高度过的时光,正是这个阴冷黑暗的时代即将到来的前兆逐渐显露的时期。

关于在那种社会形势下四高的风气,以及柔道部的状况,乙村修(与井上靖同级,在杂志部,属左翼派。其散文诗的形式,与后来井上靖的文风有很多相似点)在杂志部部志(文艺部部志)《北辰》[8]中,写道:

> 随着新制度的确立,迎来了部员诸君十几人的加入,得益于这股新的力量和热情,向着崭新的阶段发展并迎来了新转机。(中略)曾经有一些人(指柔道部等运动部成员——笔者注)欺负我们这个部,或者说他们在我们面前从来都是不可一世的,好像还说过我们就不应该存在之类的话。但是,天下哪有这个道理?不论是什么部,即便是各自体量有大小之差,但应该也有其自身存在的价值。

---

① 即九一八事变。
② 即一·二八事变。

第一章　四高时期

井上靖在其后的对谈中想起当年的事情,提到学校里有过破坏演艺部的演出活动或者削减文化系社团的预算分配等霸凌行为。

对四高时期的井上靖来说,有两件重大事件。一件是昭和三年柔道部刮起了左翼化的风暴,另一件是受其余波影响而引发的柔道部退部事件。当时的应援团,是由各年级的代表互选出应援团团长,后者大概类似于学生会会长。此外,柔道部的别名是南下军,在那时拥有举全校之力而形成的应援制度。对于全校学生都必须参加应援的这种体制,以社会科学研究会(以下简称社研)为中心的团体开始反对。他们的理由是,应援应该基于学生的自愿。那时起,文部省当局下达了取缔高中里的社会主义思想的指示,再加上刚才提到的经济混乱及与其相伴的共产主义的崛起等,这时纷乱的高中正是当时社会的缩影。重视日本古来传统的柔道部作为学校当局的爪牙,应该是被与社研有关的学生给盯上了。

综合《第四高等学校史》与上田正行的《〈北海〉——从四高时期来看》[9],以及柔道部部志《南下军》[10]、杂志部部志(文艺部部志)《北辰》等资料来看,大体情况如下所示。

昭和三年六月九日,北辰会(学生自治组织)的总会解散了之前强制参加的应援团组织,并决定成立由共同爱好者组成的新应援团组织。掌握这件事主导权的是左翼派系的四高社研团体。运动部部员对此表达了不满，引发了暴力事件，此事引起反弹，学校召开了谴责暴力的学生大会，有十五名社研负责人受到学校处分。以此为契机，北辰会组织了长达八天的罢课运动，其诉求是北辰会获得自由、取消处分、劝告学生监①辞职。文科生全员参加了这场活动，但貌似参加的理科生寥寥无几。罢课运动提出的改组应援团的要求虽没有被通过，但学校撤回了对学生的处分，罢课运动也算勉强获胜。

这次罢课之后，加入社研以及读书会的人员极速增长，全校不足八百名学生中有一百六十五名学生加入了社研，一百名学生加入了读书会。面对这场风波，柔道部发出"我部与盟休事件无关，特此声明"的声明，宣示了其中立的立场。紧接而来的便是七月的全国高专柔道大会。但是，在一连串针对学生运动部的批判中，柔道部也被左翼阵营批判为反动团体，因此（根据《北辰》昭和四年的委员名簿得知）不断有人从柔道部转到了社研或者读书会。

在这一浪潮中，一直追求纯粹的柔道、在部员当中也属于自负心甚高之人的井上靖，为了克服现状，打破

---

① 在学校负责指导、监督学生生活的职员，类似中国的教导主任。

第一章 四高时期

相互监视的体制和无新人加入的困局，进行了缩短练习时间的改革，修订了部分规则。那些已经离开柔道部的前辈或者同辈以违反四柔会精神为由，对井上展开了批判。

从上田正行的论文《〈北海〉——从四高时期来看》可知，《四高八十年》记载了昭和四年四月（上田指出，难以判断四月这个时间是否正确）柔道部发生了大量退部事件。[11]这件事与井上靖的退部事件是否有关联，或者是不是前文提到的罢课运动的结果，我们不得而知，但应该就是在这两个月内发生的事。

正如本书开头提到的，截至昭和三年的柔道部部志《南下军》中，频繁地出现井上靖的名字。退部事件前后的《南下军》暂时不可考，因此也无法断定具体时间。但昭和四年《日本海诗人》六月号消息栏中写道："井上泰氏，七、八月回到故乡伊豆。"这应该是与四高柔道部退部事件相关联的一个线索。全国高专柔道大会一般在每年的七月十五日至十九日召开，因此考虑到《日本海诗人》的截稿日期，很有可能六月之前就已经有了结论（藤泽全《青年时代的井上靖研究》中推定为六月十五日前后）。此外，可以推测井上的归乡应该包含着与热爱已久的柔道诀别的意味。

而且，大村正次在八月发表的针对井上的评论中如此

青年井上靖

写道：

> 井上君是柔道二段，也是四高柔道部的队长。同时，在诗歌方面，井上君也是福田正夫主办的《主观》改题为《焰》后的同仁之一。这首诗虽不能称为杰作，但其中思想展现出和近期普通年轻人不同的一种坚实，从某种程度来讲，这首诗还是比较靠得住的。
>
> （大村正次「高岡新報詩壇」
> 昭和四年八月九日）

虽然不够明确，但大体可以确定井上退部的时间。不论如何，我们可以确定的是，这件事让井上初次尝到了社会带来的苦恼。《青春放浪》中记录了井上靖自己对退部事件的说明。

> 我们在一、二年级的时候全身心投入柔道练习。然后到三年级的时候，发生了一件事情。那就是柔道部基本没有新加入的新生部员了。我们牺牲掉重要的练习时间，到处奔走劝诱，但收效甚微。他们所有人都有同样的想法，即来学校不是为了练习柔道，而是来学习的。
>
> 为了吸引新部员的加入，我们都认为有必要修改

一些规定，比如缩短柔道练习的时间等。这也算不上是什么大刀阔斧的改革，最多就是缩短考试前一段时间的练习时间，或者缩短集训天数等。但是，即便如此，此举也招致柔道部前辈们的反对，他们给我们安上了无视四高柔道部传统的罪名，并将此事闹大，我作为此事的首犯引咎退部，最终导致柔道部全体三年级部员都随着我被迫退部。

事实应该的确如上所述。但是，正如前文提到的那样，时代的变化、四高共产主义运动的发展，以及社研等学生团体对柔道部的否定等现实情况都没有被记录在明面上。就年谱来看，从沼津到金泽，是井上靖从少年期到青年期的过渡期，这多愁善感的时期的前半段是在柔道部度过了禁欲自制的时光，后半段则是倾倒于诗歌创作。然而，人的生活并不能简单地以时间期限来划分，也不能够一下子完全改变。我们可以从侧面看出其年谱表面上没有展现出来的井上靖的苦恼。读者往往容易将作品中的登场人物与作者重叠起来去看。如果可以将四高柔道部的精神单独抽离出来，再经提取升华，那么《北之海》中描绘的作品世界，也许也是事实的一个侧面体现。然而，毫不令人意外的是，井上靖生活的现实世界显然更黑暗、更艰难。

3. 以四高时期前后为题材的小说

小说《北之海》中，丝毫不见柔道部退部事件的踪影。带有自传色彩的小说三部曲《雪虫》（『しろばんば』）、《夏草冬涛》和《北之海》中的主人公伊上洪作的人生里也没有这一段经历。

描写了井上靖幼年时期的《雪虫》，以及描写中学时期的《夏草冬涛》两部作品都带有浓浓的抒情性，构筑了井上靖特有的作品世界。因此，主人公洪作所处的世界，与作者井上靖的感性具有高度重合性，可以从此入手，去理解井上靖的精神发展史。

与此相对，《北之海》充满了小说的要素，即虚构性较强。大里恭三郎的《〈夏草冬涛〉论》[12]就明确指出了这一点："在《夏草冬涛》的后半部，洪作的内心描写淡薄，相比之下，作者全面地描绘了以洪作为主的孩子们的青春期的百态。"大里在这里所说的，让人不禁发问：是不是《夏草冬涛》后半部分没能写出洪作的内心世界，而且《北之海》也是如此呢？

《我的文学轨迹》[13]一书中记录了筱田一士关于《北之海》的提问，以及井上靖的回答。

虽说这是关于《雪虫》《夏草冬涛》之后一段时间带有自传色彩的作品,但我还是将其创作成了一部青春小说。本来应该写在金泽的第四高等学校时期的内容,但那段时间光忙着练习柔道了。我早已将柔道部的那段生活放在了心底,所以要从内心深处再拿出来写的话,还是觉得有点勉强吧。不管怎么说,毕竟柔道还是有些……(笑)所以在《北之海》里,将考生眼里的柔道从旁观者的角度进行了创作。那样的话,这部分内容就得经过一些小说化的处理。因为这些原因,最终《北之海》中描绘了一帮放荡不羁、活泼开朗的非精英少年,使其变成了一部青春小说。

据在《夏草冬涛》登场的增田洁的《〈夏草冬涛〉中的顽童们——洪作、小林与我》[14]一文可知,井上靖早在初中就已展现出创作天赋。《雪虫》《夏草冬涛》中的乡下少年洪作抱有一种来自乡下的自卑感,这是作品中重要的构成要素之一。但实际上也可以理解为,井上靖给增田、小林等人带去了一股都会的清风。

与此相同,在《夏草冬涛》《北之海》中登场的金枝的原型金井广曾向我细致地介绍了小说中千本滨的炸猪排店的故事等情节中事实与虚构之间的差异。比如,作品中清风庄内名叫玲子的女性其实是不存在的。

青年井上靖

在《北之海》中,井上靖为什么没能书写有关四高生活的内容呢?关于这点,有意思的是,这一时期的内容不论是在《北之海》中,还是在被称为自传风格小说的系列作品中都丝毫没有被提及。也许,如果真的将其写入作品,那这些作品就不会面世了吧。不过,井上靖在《我的自我形成史》中一篇名为《自然与奔放的生活》的文章中写道:

> 但是,我的少年时代基本都在气候温暖的伊豆山村和沼津度过,青年期却置身于北国的气候风土之中,在那里度过了三年。
>
> 我的体格和长相没有受到北国气候的影响。但就我青春时代的感受力的形成来说,时日虽短,却仿佛吸收了很多北陆的风土气候。要说性格像不像北国的人,可能不太像,但对事物的感知力好像还是有点偏北方的样子。

井上在这里提到的"偏北方",其中应该包含四高的精神吧。在《旧制四高青春谱》[15]一书中,如此描绘了当时四高生的风气。

> 四高生好像从娘胎里开始就坚持着一种"超然主义"精神。"超然"一词源于《汉书》"人受命于

第一章　四高时期

天，固超然异于群生"。不论到哪里都傲视俗世、洁身自好，表现出了心气极高的姿态。拒腐蚀而秉孤高，追求真理的风气是四高的学风。再往上追根溯源的话，这也算是藩学的精神，是潜藏于加贺藩学艺、文化传统深处的一种独特精神。

井上靖确实从这个度过了青春时代的四高的校风里面学习到了很多。他说，"就我青春时代的感受力的形成来说，时日虽短，却仿佛吸收了很多北陆的风土气候"，又透露出"人受命于天，固超然异于群生"的理解，从中可以窥探四高的学风到底为何物。"傲视俗世"、"心气极高"以及"拒腐蚀而秉孤高"这种"追求真理"的精神，应该是井上文学中"孤高""学究"等态度的支柱。当时的社会环境较为复杂，社会上国家主义抬头，学校内不断出现左翼思想，在这个已不能全身心投入热爱的柔道部的时期里，井上以诗为媒介寻求"自我存在"也无可厚非。

在社会经济萧条低迷的大背景下，以军部马首是瞻的学校当局右翼化，而学生团体则左翼化，本应与政治、思想等隔绝的柔道部被打成了反动团体，柔道部对民主化的探索也被冠以反传统之名，井上靖等人遭到驱逐。在这种状况下，为追求心灵的一丝宁静，井上靖转向诗歌创作也是自然而然的事情。从这个视角出发去读《日本海诗人》

中这句话，可以感受到另一层深意。

> 去了金泽之后难免感到一丝寂寥。在四高，用真诚的态度认真作"诗"的人真是寥寥无几。

4. 在金泽的诗

假如井上靖是在昭和四年度的年初退出柔道部的话，这个时间节点与他是在退部后再开始诗歌创作这件事会产生矛盾。

正如前文叙述的一样，只要置身于四高柔道部这个团体，不难想象，柔道部部员将会经受精神上的巨大考验。他们会不断地被四高生用学校的爪牙、走狗、野蛮、无知等词语轻侮和责难，并遭受各种有形无形的伤害。

单纯地一心追求柔道的井上靖作为柔道部部长，应该是更直接地体会到了这种悲哀吧。从精神成长的角度来看，青年期后期应是埃里克森（E. H. Erikson）所讲的寻求获得"自我存在"的时期，是一个连续不断地问自己"我到底是什么"这个问题的时期。在这个时期里，四高校园里掀起了对抗国家军国主义的左翼思想热潮，受其影响，追求自我的柔道部被贴上了体制的爪牙这样的标签。

第一章 四高时期

不仅如此,更让人痛心疾首的是,同样在无声堂挥洒过汗水的前辈们也以玷污四高柔道部传统之名给井上一行人扣上了反叛者的帽子。

这种心灵上所受的创伤,不会轻易愈合。正因经历了如此种种的绝望、苦恼、背叛,井上靖才逐渐转向超然。

通览井上靖初期的诗后,意外地可以发现其中透露着很强烈的自我凝视的态度。很多研究井上初期诗作的研究者都认为这是井上靖与生俱来的一种气质,但揭开井上靖在四高柔道部退部事件的真相后,可以强烈体会到那份绝望、苦恼和背叛,以及他人生观整个转变的过程。现代的年轻人都会经历考试、职业选择,但井上靖在此之上又面对了思想、友情、政治、连坐、信赖等超级难题,从结果来看,他遭受到全面否定之后,不得不走上一条探寻自己内心的道路。

如果以此为切入点通览井上的初期诗作,诗作中蕴含的一些想法就很清楚地浮现出来了。下面是根据发表的时间顺序摘选出的一些井上靖的早期诗作,其中有很多关于自我凝视的表现。

十月的沙丘午后离我心渐远/十月湛蓝的天空中可曾留下什么眷恋?

(《冬日来临那天》,

载《日本海诗人》昭和四年二月号)

青年井上靖

  异端者的祈愿我知。/无言者的无奈我知。

          （《二月》，

      载《日本海诗人》昭和四年四月号）

  那人心，友人心/不知何时，已将我推开，/过往二十二年的风和日丽正在某处对我微笑。

          （《孤独》，

      载《日本海诗人》昭和四年五月号）

  我，已将我心离我。/不论明日还是未来，它已不属于我。

          （《洪流》，

      载《日本海诗人》昭和四年五月号）

  还有一个不知妥协的我/还有一个不知情欲的我

          （《怀乡》，

      载《日本海诗人》昭和四年六月号）

  我必须要面对那个狼狈的我。

          （《初春的感伤》，

      载《焰》昭和四年五月号）

第一章　四高时期

我思考漫长的人生/我人生的宏大。

看到对面那个身体一动不动的人/想起我/想起我的父亲。

(《正午在汤池里冥默的老人》，

载《焰》昭和四年六月号)

这是神的启示。/这是自然的意志。/这是生命的奔流。/永不停歇，生生不息，/闯入我世界的那份热情/悠然地围绕在明亮五月的风景周围。//啊，五月的风哟。/将这个苦思人生悲诗的我/失去人生方向的诗人/用生命的流转与生命之歌紧紧围住。/我要振奋起来/来吧，我要前进了。

(《五月的风》，

载《焰》昭和四年七月号)

上面这些，是柔道部退部事件前后发表的作品中的内容。仅凭一些诗句，去臆测作者的心理状态可能会让人觉得不太妥当，即使在前面陈述的一些背景之下再去读这些诗句，也可能会有人觉得这单纯只是青年期的一些彷徨、感伤而已。但是，从《五月的风》里面"失去人生方向的诗人"等语句来看，对于关注退部事件真相的笔者来说，这应该不是单纯诗句里的艺术表现形式。还有一首在

青年井上靖

全国高专柔道大会前后写的名为《蛾》(载《日本海诗人》昭和四年八月号)的诗。可以从这首诗的二连、三连、五连中感受到作者的直抒心意,下面一起来看看。

(二连)
我了解年迈的父亲。
如白昼之悲伤
我了解母亲对我美好的期许。
我了解未立石碑的祖母墓地。
我了解何为正确的思想流向。
我了解不由自主的人生
我了解黝黑民众的蠕动。
我了解大杂院里那些营养不良的孩子。

(三连)
即便如此,我还是这样痛苦地,
不想成为诗人却依旧在写诗。
不能给母亲期待的梦想任何光亮却依旧在写诗。
明知不会对民众有任何影响却依旧在写诗。
明知连给贫苦人民擦鼻涕的纸都算不上却依旧在写诗。

(五连前略)
母亲啊,请不要难过。

第一章　四高时期

朋友啊，请不要笑话我的浪漫主义。

我只是为自己而活的一只有贪欲的追光飞蛾。

我想知道我的真心。

在这个宇宙中独一无二的

想要那颗毫无遮掩的真心。

我想要一首只唱给我自己的歌。

不逊色于任何人的、展示自己存在的一首歌。

母亲啊，请去看您想看的美梦

朋友啊，请去看那些你认同的正统思想

我只是那只不得不朝着悲哀的光亮，

一生去苦苦追寻的有贪欲的飞蛾。

作为井上家的长子，跟着父亲的步伐走上医学道路，是父母共同的强烈期待（尤其是其母）。从"我了解年迈的父亲。/如白昼之悲伤/我了解母亲对我美好的期许""不能给母亲期待的梦想任何光亮却依旧在写诗""母亲啊，请去看您想看的美梦"等诗句中可以看出井上在努力挣扎之后的现实情况。未来的出路问题与诗作风格的变化，在弘前时期表现得最为突出。关于这个问题会在第二章《文学 abc》的部分中再展开叙述，但不得不说早期的诗比较直白地表露出了作者的心情，关于职业选择的问题以及现在论述的柔道问题，都与诗作风格变化紧密相关，不可割裂而看。

回到主题，正如前文所述，当时的四高正刮着社研风暴。早在沼津中学的时候，井上靖就对时代环境比较敏感，为何到了四高，反而变得对时代有些漠不关心了呢？应该是他下定决心要在柔道的路上一条道走到黑。柔道应该占据了他生活的全部，除此之外他毫无所求。经常有人会提出，为什么井上靖在四高时期没有走上左翼道路，笔者并不觉得这是一个值得提出的问题。因为井上靖自己在很早的时候就决定了自己要做什么事情。虽然无法断定这份坚定的信念是什么时候产生的，但是，通过解读早期的诗作可以基本推测是在四高时期产生的（或被迫产生）。伊豆时期、沼津时期的孤独体验应该是其坚定信念产生的前奏，这自不必多说。但很多喜欢井上文学的读者总是习惯把井上靖自传小说中的主人公伊上洪作过度地与作者关联起来。要让笔者来说的话，"井上靖不是伊上洪作"。虽然这个结论好像有些理所当然，但目前有很多读者会把自传小说与井上靖年谱关联起来，更有甚者，还将作者的随笔等文章作为小说的补充材料来看，总给人一种"井上靖＝伊上洪作"的印象。当然，登场人物与作者的确是有部分重合的地方，但即便如此，也肯定不是所有方面都一致。现在正在论述的内容，就是其中的差异部分，这部分清晰地表现在早期诗作中了。

第一章 四高时期

《蛾》中写道,"我"是一个"了解何为正确的思想流向""了解不由自主的人生""了解黝黑民众的蠕动"的人。我们可以推断,这里的"正确的思想流向""不由自主的人生"指的是井上靖从当时所处的立场出发,看到的马克思主义以及与其关联的社会科学研究会的行为。而"黝黑民众的蠕动"应该指的是那些以自我为中心的如墙头草般的民众的狡猾。那么,即使井上都明白这些道理,但他在现实生活中是如何应对的呢?他带着一份执念专心写诗。"我"写诗,不是为了成为诗人,也不是为了给母亲的期待以光亮,更不是为了去影响民众。那么他为什么要写,是因为他在追寻"我的真心""那颗毫无遮掩的真心",他"想要一首只唱给我自己的歌""不逊色于任何人的、展示自己存在的一首歌"。不是为了去完成母亲的梦想,也不是为了顺从朋友们认为正确的思想潮流。他认为他只是"那只不得不朝着悲哀的光亮,/一生去苦苦追寻的有贪欲的飞蛾"。在井上靖的诗与小说中,这部分应该是最直白地展露自我凝视的内容,其他作品中找不到这样的内容。

笔者从此入手,来探寻井上靖的"自我存在"是如何获得的。

从人的性格发展方面来看,从各同一性(复数)真正转向追求"自我同一性",应该是青年时期,尤其是青年后期(late adolescence)。所以在此之前从幼儿期到青年

青年井上靖

期，人一直重复尝试着让自己与各个集团保持同一性或放任自己被同化，此时这种同化（identification）还属于可逆的，或者说是带有游戏性质、实验性质的尝试。但在青年后期，要对之前的各种同化做出最终选择，逐渐制定自己内心的秩序，从而确立自我同一性。这种自我同一性的确立，是要定义一个具有社会属性的自我，塑造一个成年人的自我。青年后期的重要特征就是会不断问自己"我是谁""我要成为什么样的人""我要怎么选择我的人生"等问题。从这个角度再去看井上靖的初期诗《蛾》的话，可以很清楚地看到井上靖对这些问题的回答。针对"我是谁""我要成为什么样的人""我要怎么选择我的人生"这些问题，井上的回答是"我只是那只不得不朝着悲哀的光亮，一生去苦苦追寻的有贪欲的飞蛾"。看到这里可能会有人问"悲哀的光亮"是什么，"蛾"这个词在暗示什么。这些问题，仅凭三言两语是说不清的。不能简单粗暴地将"悲哀的光亮"归结为欲望或者热血。《猎枪》这篇小说中出现的"白色河床"，还有"彩子的信"这部分内容中出现的"蛇"[①] 可能与之相关。这点可作为今后的

[①] 井上靖的短篇小说《猎枪》（载《文学界》1949年10月号）是井上靖的代表作品之一，作品中穿插了来自蔷子、阿绿、彩子三位女性的信件。"白色河床"是井上文学中与"孤独"相关的一个重要文学意象，在这篇小说中反复出现。"蛇"是彩子在其信中提到的内容，彩子将自己心中的杂念和罪恶的根源比喻为"白色小蛇"。

研究课题。那么"蛾"又指的是什么呢？最先浮上脑海的是被《北之海》里主人公洪作称为"极乐蜻蜓"[①]的事。

下面对比来看看。

"诗"与"小说",

"蛾"与"极乐蜻蜓",

《日本海诗人》与《北之海》,

四高生与有名作家,

昭和四年与昭和五十年,

泰（靖）与洪作。

"哪怕是一首，也想写出让人有食欲的诗，让人忍不住想去品尝的诗。不，我想去创造这样的诗"与"创作成了一部青春小说"。

把诗与小说进行对比可能多多少少有些不合理的地方，但从常识方面考虑，《蛾》这首诗是不是更加符合井上当时的心境呢？奥野健男在《现代文学 12：井上靖论序说》（『現代の文学 12 井上靖論序説』講談社）中说道：

正如漱石或者藤村的内部世界并不是健全的、有

---

① 日语中嘲笑或捉弄逍遥自在、乐天无忧之人的用语。

良好判断力、有逻辑性的一样，井上靖的内部世界也并不是充满阳光且有良好判断力的。这与在文风方面故意围绕男女关系进行恶俗的创作，或者特意书写反道德内容但本质上的心态比较健康的石川达三、丹羽文雄等人又有着根本性的不同。

我认为，如果将其心态与同时代作家比较的话，他反而与太宰治、坂口安吾、石川淳、伊藤整等无赖派、新戏作派作家的心态比较像。不过他那时的内心，在战前约二十年都是在无声状态下隐忍度过的。他将他的破灭、颓废倾向、虚无主义等人生危机，在创作小说之前以超人的忍耐力消化掉了。我最近常想，如果他在之后还能再坚持一下的话，他也能像其他无赖派作家一样崭露头角。但实际生活并不会那么简单。其间井上靖遇到了超乎想象的变故，走了很多弯路。

正如奥野讲的"井上靖的内部世界也并不是充满阳光且有良好判断力的"一样，从井上靖寻求自我存在的过程来看，确实并不阳光，也看不出良好的判断力。至于"我是谁""我要成为什么样的人""我要怎么选择我的人生"这些问题，井上的回答是"我只是那只不得不朝着悲哀的光亮，一生去苦苦追寻的有贪欲的飞蛾"，这正是他在寻求自我存在的过程中表现出来的宿命观、避世观和

第一章 四高时期

超然态度。原本可以平稳走向社会，但井上靖在极不平稳中开始了他的人生。

如果世界和平，四高不乱，专心练习柔道三年，井上靖极有可能会顺利进入医学部的大门，这样便也不会诞生诗人井上靖。奥野健男在上述文章中也提到"不过他那时的内心，在战前约二十年都是在无声状态下隐忍度过的。他将他的破灭、颓废倾向、虚无主义等人生危机，在创作小说之前以超人的忍耐力消化掉了"，但实际上井上靖从高中时期开始就已经在进行诗歌创作了。

早期诗歌中确实可以嗅到"破灭、颓废倾向、虚无主义"的气息。本节着重论述了柔道部退部事件与其诗作的关系，但这并不意味着其中不包含"破灭、颓废倾向、虚无主义"。井上靖在诗歌《蛾》之后创作的作品，如下所示。

> 踢飞妥协。
> 扯掉装饰。
> 笔就是我们手中的鹤嘴锄。
> 不管挖出钱，还是挖出石头，
> 当务之急就是从自己脚下开挖。
>
> （《无题》，
> 载《高冈新报》昭和四年八月号）

青年井上靖

> 必须活下去的人生。
> 必须活下去的世道。(略)
>
> (《卖淫妇》,
> 载《焰》昭和四年八月号)

从上面内容可以看出,井上靖在八月的时候展现出了面对现实、坚韧求生的姿态。此外,《岚》(《北冠》昭和四年十一月号、《焰》昭和五年一月号皆有刊载,表述稍有差异)这个作品主要记载了回忆退部当时情况的内容,从这时候开始,激烈的言辞已经从作品中慢慢消失,可见诗风已然发生了变化。

最后,引用并考察《岚》(载《北冠》昭和四年十一月号,第4页)的一段内容,来作为本章的小结。

> 黑压压的雨
> 黑压压的风
> 在黑压压的暴风雨中
> 从头到脚都被雨水肆意拍打
> 我抱住了电线杆
> 是什么将我变成了可怜的流浪狗
> 是什么将我变成了凄惨的疯狗

第一章 四高时期

（三连）
那个夜晚
在狂暴肆虐的暴风雨中
斥责没出息妥协的那个人
为何会疯狂泣血怒号
莫名地面对所谓的现实
这种不可思议到底是什么

　　从那个"极乐蜻蜓"般的青年期的理解来看这里出现的黑压压的暴风雨的话，肯定无法理解，也很难把握"流浪狗""疯狗"的真意。《北之海》中的主人公洪作的确有被用"流浪狗"一词来形容，但那里和这里的"流浪狗"是否具有同样的意思呢？如果流浪狗是宠物狗的反义词的话，可以理解为脱离社会的存在，那算是在井上世界里的一次升华；将流浪狗与孤高的狼联系起来的话，将其理解为《苍狼》（『蒼き狼』）的一颗种子也算顺理成章了。当然，这里不是要去论述《苍狼》具有的历史小说性质。笔者曾在其他地方提过《苍狼》里面有井上靖的影子，早期诗作中频繁出现的"狗"与"尾巴"等词语，与本书中提到的社会环境、立场，以及井上靖精神世界的剧烈变化都有极其密切的关联。学者金井广指出，从笔者分析的这些内容可以看到之后井上文学的源泉。

第二章 弘前时期

——以《文学 abc》时期为中心

1. 关于《文学 abc》

福田宏年所编年谱里面，记录着井上靖在昭和五年（二十三岁）的情况。

> 三月，从第四高等学校毕业。接受九州帝国大学医学部的考试，但失败了。四月，进入该大学法文学部①英文科，寄宿在福冈市唐人町。但只过了三个月便不想去上学，转而上京寄宿在市外巢鸭町上驹込（现在的丰岛区驹込六丁目五番一号）一个叫铃木的

---

① 当时大学的法学系和文学系。

园艺店里,在那里开始疯狂阅读文学书籍。十二月,与白户郁之助等人一同创立同仁杂志《文学 abc》,开始以真名井上靖发表诗作。

这部分内容让人感到意外。考医学部这件事(考医学部需要考德语,但他当时在四高就读的是理科甲类的英语课程),再加上石川的金泽、九州的福冈、东京的驹込,还有青森的弘前(同仁杂志《文学 abc》在弘前发行)等地名,可以说井上靖辗转游历了日本全国很多的"场所"。通览长谷川泉编纂的年谱后可以看出,在井上靖的文学世界中,人物形象形成四要素之一就是游历"场所"之多。虽说日本社会在一段时间内确实不太平,但回首看看井上靖的行动路线,足以感受到他那种不断探索的姿态。

常常有人说井上靖的初期诗作与《文学 abc》有密切关系。但话说回来,《文学 abc》这本杂志的存在鲜为人知。在我的调查范围内,唯一拥有这本杂志的是已故的宫崎健三,而且他手里的是复印本。截至目前很多论述《文学 abc》的见解,基本都是转引宫崎健三的论述。本书中所用《文学 abc》的底本,是宫崎健三所藏复印本的复制品。

井上靖与《文学 abc》的关联,除了福田宏年以外未

青年井上靖

见其他人的论述（遗憾的是，复印本的拥有者宫崎健三没能留下更多信息便已故去）。

《文学 abc》创刊号

刚才提到，福田宏年在其著作《增补井上靖评传录》中提及《文学 abc》，这也是为数不多提及此杂志的著作。福田在其著作中如此说道：

> 最近，与井上靖年轻时的诗友宫崎健三氏成为知己，才得以拜读他们年轻时共同参与制作的同仁杂志《日本海诗人》《焰》《北冠》《文学 abc》等资料，这真是做梦也没想到的事。包含获得这些资料的经过

在内，还发现了很多新的资料，得益于此，本书的内容能够更加丰富，感到不胜欣喜。

如果上述内容准确无误，笔者手中与福田宏年论述的《文学 abc》应该是同一资料。除此之外，关于本书中对杂志名的表述问题，宫崎健三用的是小写字母 abc，福田宏年在早期的《井上靖评传录》中使用的是 ABC，但在其后的增补版中改用了小写字母，本书也遵循此原则，使用了《文学 abc》的表述。

《文学 abc》这本杂志，到底是一帮怎样的人制作出来的呢？创刊号上记载了青木了介、白户郁之助、木山二郎、井上靖、赤川房雄、黑田吉助六个人的名字。第22页的下集预告（实际上在出版创刊号后便废刊了）上还写着八木隆一郎、逸见广、袋一平、野长濑正夫的名字。

《文学 abc》为 A4 变形的开本，是一本三十二页的小册子。装帧设计给人一种心高气傲的感觉，仿佛在挑战读者，又或是居高临下地俯视读者。所有要素都让人感觉得到这是一本文学青年创办的杂志。刊载的作品如下：

原创
《歌颂婴孩的父亲》青木了介
《情感往来》白户郁之助

《野狼俱乐部的人们》木山二郎

诗
《尾巴1》《尾巴2》及其他四篇 井上靖

杂文
《不悦旋律》赤川房雄
《旅行与途中趣事》黑田吉助
十二月音乐、十二月电影、文学、ABC 同仁

《文学 abc》第一部分的文章大概内容如下。

青木了介的《歌颂婴孩的父亲》(七页)：贫困潦倒的家里，新生婴儿理花刚断奶，妻子南子也缠绵病榻，妹妹澄子一直在经济上给予支持。澄子在一家名为佛罗里达的夜店做舞女，艰辛地忍受着重度劳动。"我"没日没夜地坚持写作却挣不到什么钱。妻子病情逐渐恶化病危，经济压力剧增。后来"我"知道了妹妹澄子说她在佛罗里达工作是个幌子，她其实是在做出卖肉体的买卖，但"我"什么也做不了。作品还包含了对万恶资本主义的诅咒、对阿依努人和中央资本家历史的描写，以及非洲统治阶级的问题。

白户郁之助的《情感往来》(六页)：飘荡着无产阶

级文学气息的作品。故事围绕着脚有残疾的春子与光吉的爱情展开。"我"借用光吉视角,记录了他们与一对老夫妇之间的关系。光吉二人以近乎私奔的方式逃出家门,寄居在老人家里,这部分内容里老人的话具有象征意义。作者白户借用老人之口说:"反正资本家买这些东西的钱是从我们身上压榨出来的。赝品这东西,又不能让世界大乱。赝品也是艺术嘛。"通过这些内容可以清楚看出来,这应该是之后井上靖的小说《一个伪作家的一生》(「ある偽作家の生涯」)中的原芳泉,以及《大洗之月》(「大洗の月」)中的斋藤紫水的人物原型。

木山二郎《野狼俱乐部的人们》(七页):仗着有钱,以千人斩①为目标的花田,强奸了患有麻风病(汉森病)的滨。而花田的妻子的情人上原与滨又有着恋爱关系。作品并没什么独特的东西,算是一部普通的大众通俗小说,读起来还是比较有趣的。非要评价的话,这个作品算是表现出了现代人孤独的一个断面吧。

以上三篇是原创作品。各有侧重,内容丰富。

井上靖在《文学 abc》上发表了以下六篇诗作:《尾巴 1》(「しっぽ1」)、《尾巴 2》(「しっぽ2」)、《笑》(「笑ふ」)、《想死那天》(「死を思ふ日」)、《一个男人》

---

① 日语中的俗语,多指男子与很多女性发生性关系。

青年井上靖

(「或る男」)、《希望》(「希望」)。每一篇都与在《日本海诗人》《北冠》《焰》上刊载的作品在风格上有微妙的差异（也有风格重复的作品）。《文学 abc》上刊载的诗作，非常强烈地展现出了自信和信念，这是这些作品的特点。

赤川房雄《不悦旋律》：作为补白文章，刊载在井上靖诗作的下面。共两页半。题目平平无奇。很有可能是青木了介或白户郁之助化名写作的文章。从内容和风格来看比较像是青木所作。

黑田吉助《旅行与途中趣事》：也是井上靖诗作的补白文章，共三页。这篇或许也是白户郁之助或木山二郎的化名作品，看起来像是白户的作品。

最后两页是题为"文学 abc"的栏目：由十九篇短文构成，各自文章末尾都写着（A）（C）字样。可能 A 代表的是青木了介，C 代表的是白户郁之助。十九篇短文又被分为下面八个题目。

《La Commedia Fanita》四篇（A）

《余晖下的文学风景》三篇（C）

《诗坛》一篇（C）

《诗》两篇（C·A）

《关于无产阶级小说的二次元倾向》两篇（A）

《关于愈演愈烈的噪声》三篇（C）

《关于电影技巧与文学形式》两篇（A）

《再一次 La Commedia Fanita!!》两篇（A）

标记（A）的有十一篇，标记（C）的有八篇。单从数量来说，青木了介（A）可以称得上是《文学 abc》的领军人物了。

其他详细分析待到下一节内容再说，但总体来看《文学 abc》是一部无产阶级文学色彩很浓的文学杂志。尤其是 A 创作的《关于无产阶级小说的二次元倾向》里面很清楚地表明了对纳普（NAPF）[①] 艺术主张的支持，以及对现状的批判。此外，C 的《关于愈演愈烈的噪声》里面有这样一句话："必须要征服资本主义式机械文明暴力，建立属于劳动者的国家。"最能表现出 A 和 C 关系的应该还是《诗》吧。

> 诗走向了何方？或走向了激化的阶级斗争，或变成了坚实的"Laus Vitae"！超越现实的是何人？A哟，去寻找（C）

[①] Nippona Artista Proleta Federacio，指日本无产阶级艺术联盟，后改称日本无产阶级艺术团体协议会，是提倡无产阶级艺术的文艺团体。

无知的人啊——透过挂着红窗帘的窗户，仿佛看到了断头台的风景！！（A）

《文学 abc》虽说算是一本新派的杂志，但其与井上靖所追求的文学杂志（后面会提到，他曾给诗友写过一封提到"我从来没有把诗看作社会斗争的一部分"的私人信件）之间还有一定距离。《文学 abc》还未被充分研究，也没有在文学史上确定其应有的地位。用井上靖风格的话来说，应该可以算是"在弘前的暴风雪中，一朵刚开就落的红花"吧。

2.《文学 abc》时期的青年井上靖

在论述《文学 abc》时期的井上靖之前，首先引用井上靖写的一篇名为《今先生和我》[①] 的文章。今官一是青木了介的笔名。

> 我从金泽的高中（四高）毕业是昭和五年。虽然进入了九州大学法学部学习，但之后就那样保留着学籍，一个人跑到了东京，寄宿在驹込，整日闲逛。

---

① 井上靖『今さんと私』「今官一作品」昭和五十五年、津軽書房。

第二章 弘前时期

那年的十二月下旬,去了父亲任职的城市弘前。那是为了和家人一起迎接正月的到来。

到了弘前的第二天,就去了诗人白户郁之助家里拜访。我记得他家好像在城里热闹的地方。我和白户君在东京因为什么聚会打过几次照面,之后也通过一两封书信。

然后,次日白户君就来我家拜访,在家聊了一个多小时之后,结伴朝着正在下雪的城里走去。那晚正好是平安夜。在城里,进了一家看起来很纯正的西餐店,进去后发现白户君的朋友正在那等着我们。那位朋友就是今官一氏。(中略)在餐厅里面,大家谈到今官一编辑的《文学abc》近期将会出版,我那时候才知道,我邮寄给白户君的六首诗都被收录了进去。离开餐厅之后,街上正遭暴风雪肆虐,白户君将我送回了家。

过完年不久,《文学abc》就邮寄到了东京。这是我首次以真名发表诗作。

这篇《今先生和我》里记述的内容,有部分与事实不符。比如在驹达寄宿后整日闲逛和以真名发表诗作这两件事。这个问题稍后再说,通过这篇文章得到最重要的信息是今官一(青木了介)是这本杂志的编辑。如果今官

青年井上靖

一是负责这本杂志的编辑,那么《文学 abc》在创刊号之后便停刊的原因也许在他那里。根据年谱,今官一在东奥义塾接受福士幸次郎①的指导之后,在昭和二年进入了早稻田高等学院学习。他在学院里加入了无产阶级电影同盟,在昭和五年《文学 abc》发刊的时候曾短期回乡。

下面是编辑后记里记载的姓名。

编辑者:白户郁之助(弘前市代官町)
发行人:木山二郎(弘前市大工町)
发行所:文学 ABC 会(弘前市外和德松枝町)
印刷者:驹谷光雄(青森市米町)
印刷所:启明社(青森市米町)

由此可见,《文学 abc》是在弘前发行的。

此外,编辑后记由六篇短文组成。其中只有第一篇是白户郁之助署名的文章,文章写道:"今天写编辑后记,正好赶上我要去听音乐会,忙得四脚朝天。具体事务全权拜托青木了介。(郁)"从这里可以看出《文学 abc》实际上的编辑确实为今官一(青木了介),这也从另一个侧面验证了前文的说法。后记里之后的文章署名都是

---

① 福士幸次郎(1889—1946),日本作家,诗人。

第二章 弘前时期

(了),由此也可见一斑。

根据上面引用井上靖的文章《今先生和我》内容,井上靖在到达弘前两天后,经白户郁之助介绍,第一次见到了今官一,然后正好提到了《文学 abc》和被收录的六篇诗作。关于这件事,我在井上靖生前写信向他请教过,文夫人直接向先生询问后得到的回答是"只去过弘前一次"。如果这个回答是准确的,那么《今先生和我》的内容就应该是虚构的。与"只去过弘前一次"这个回答类似,井上自己也在书中提到过"曾经去过一次弘前"。整理各种资料后可以发现其中一些资料的记录并不一致。《今先生和我》里面记载,井上靖到达弘前是昭和五年的十二月二十二日。之后他写道,与白户郁之助仅仅维持着在东京见过面,也通过一两封书信的关系。但是,我想根据下面引用的五份资料来订正此事。

资料一,《日本海诗人》昭和五年八月号的日本海诗坛消息栏中记载着关于《北冠》三人组的事情。

久凑信一　自桦太而归来
宫崎健三　亲父重病中
井上泰　　去弘前

《日本海诗人》八月号前一期是五月号,那么七月中

青年井上靖

旬应该是稿件的截稿日期,因此可以看出井上靖在七月已经去了弘前。

资料二,暑期问候。邮戳不明,收件人为宫崎健三。

> 七月末被井上康文氏叫去弘前。与诗集社的白户郁之助君一起,三人去青森的海里游泳。当地出了很多小规模的同仁诗刊。(略)我在想要不要和白户君两人做一个像作文练习册一样的诗刊。(略)

因为是暑期问候的信件,所以从时间上看当然应该是立秋前,上面写道井上康文到访弘前是七月末,因此七月期间井上靖应该在弘前。而且与白户已经在策划出版一本像"作文练习册"一样的诗刊。根据这两份资料,可以清楚地看出《今先生和我》的虚构性。

此外,白户是井上康文负责的诗刊《诗集社》的同仁,井上康文到访弘前,也有可能是受白户之邀召开与《诗集社》相关的演讲会。

资料三,信件,收信人为宫崎健三,信封已经在宫崎家遗失,因此寄件地址和日期不明。

开头的六行是对宫崎健三父亲的病逝表示哀悼的内容。

第二章 弘前时期

之后写着"是不是因为入秋了,常常会怀念金泽的时光。虽说弘前和金泽一样都属于高山地区,也有相似的街道,但总觉得还是缺点什么。每天晚上都和白户郁之助君在咖啡馆谈天说地"的内容。还在信中提到了《北冠》,说等丧期满了之后,准备把之前寄给宫崎的三篇诗作再修改一下。另外,信里还写着"弘前街道上的店里摆满了苹果和葡萄,天气冷得都要穿羽织①了",从这句话来看,时间应该是九月前后。《北冠》在第三期就停刊了,原因之一就是宫崎健三父亲的去世,而且《北冠》停刊的时间是十月。因此,九月到十月期间井上确实应该在弘前。

资料四,信件,收件人为宫崎健三,邮戳是弘前,昭和五年九月二十四日,□时至九时,寄信方是弘前市富田大野町四十六,井上泰,此外正文部分也出现了井上靖本人的真名。

信件内容大致是井上靖在当时那个阶段对诗的看法。因为内容比较长,就不在此详细论述。信里写着井上和白户一起窝在山里读《北冠》第三期的内容,由此可知井上与白户关系之亲密。此外,井上还写道,"我收到消息说,在东京办了一个把吉野信夫弄哭的会",并在信后面

---

① 日本传统和服的外套。

青年井上靖

附加的部分询问《北冠》第四期发刊的情况："如果我在跟前的话想向你请教，但是实在离得太远了，真让人头疼。开春后，在我回九州的时候，一定去拜访你。"（着重号为笔者所加）

关于资料四，我在井上靖生前和他确认过，他只说了一句"忘记了"。确实，六十多年前写的信，内容早就不记得了吧。笔迹确实是井上靖的无误，因此还是有价值的资料。而且刚才提到的"开春后，在我回九州的时候，一定去拜访你"这句话和后面资料五的内容有很大关联，相互印证了这些信息的正确性。

资料五，来自旧《焰》（昭和四年一月至昭和十二年七月）。（《焰》第二十三号中刊载了福田美铃收到拙著《井上靖研究——青年时代的轨迹》后进行调查的内容，在此原封不动地进行引用。）

井上靖消息（年号皆为昭和）

四年五月号　　缺

五年六月号　　福冈市唐人町海岸路，冈部朔太郎先生迁居。（与井上泰一起——福田注）

五年九月号　　改回真名井上靖。

第二章 弘前时期

六年新年号　弘前市富田大野町四六。(摘自谨贺新年栏目中某同仁地址簿中内容——福田注)

六年二月号　为《焰》的新年聚会上京。其后大概在伊豆游玩了一周,然后回了福冈。

三月前后的住所是福冈市海岸路二五-八号的小柳先生家。(这时候的伴手礼是津轻涂①的折叠小餐桌——笔者注)

六年七月号　搬到东京市外巢鸭町上驹込八三六号的铃木家。

七年二月号　(同仁地址簿中的住所同前——福田注)

七年三月号　本应进入京都帝大文科哲学部学习,却应征前往静冈。

七年五月号　本来应征去静冈加入了部队,但征兵召集令又被解除了。于是进入京都帝大文科哲学部学习。此外,住所仍然是金泽市长町五番町五十五

---

① 日本青森县弘前一带的传统工艺品,漆器的一种。

青年井上靖

　　　　　　　　　　番地。

七年七月号　　　　本月二十日开始放暑假，回到静
　　　　　　　　　冈县田方郡上狩野村汤岛的老家。
七年十一月号　　　住在京都市左京区北白川伊织町
　　　　　　　　　三一号的芦谷家。今后每日书写
　　　　　　　　　的话便会精力充沛。

　　资料四中有"开春后，在我回九州的时候，一定去拜
访你"的内容，再加上福田美铃的调查，资料五的六年二
月号里也写着"为《焰》的新年聚会上京。其后大概在伊
豆游玩了一周，然后回了福冈"。这样来看的话，两份资料
的内容完全一致。再加上资料五中记载了如下地址："三月
前后的住所是福冈市海岸路二五－八号的小柳先生家。"这
与资料四信中的内容就联系了起来，信中如此写道："恕我
直言，我到明年三月为止都没有闲暇负责编辑工作。准备
学校的转科考试，忙得不可开交。（中略）因为从三月开
始就有空了……"这里提到的"转科考试"稍后会再详
细论述，从这部分内容可以看出，到昭和六年三月为止，
井上靖寄宿在福冈的事实是很明确的。

　　如果将上述列举的五份资料摆在一起来看的话，就可
以发现昭和五年（二十三岁）的年谱中"只过了三个月
便不想去上学，转而上京寄宿在市外巢鸭町上驹达（现

在的丰岛区驹达六丁目五番一号）一个叫铃木的园艺店里，在那里开始疯狂阅读文学书籍"的记述，实际上应该是翌年昭和六年发生的事情（资料五）。如此一来，昭和五年就成了空白的一年。但通读资料一到五之后还是可以发现一些井上在那年游历的情况。

七月在弘前（资料一），暑期问候也由弘前发出（资料二），从九月到十月也停留在弘前（资料三），再加上他说"如果我在跟前的话想向你请教，但是实在离得太远了，真让人头疼。开春后，在我回九州的时候，一定去拜访你"（资料四），以及《焰》六年新年号记录的住所和二月参加新年聚会时带的弘前津轻涂伴手礼（资料五）——将这些信息串联到一起来看，井上在弘前大概六个月的生活情况便跃然纸上。以福田年谱的内容为基础，结合资料一到资料五的内容，便可勾勒出昭和五年的真实的井上靖年谱，大致情况如下。

三月，从第四高等学校毕业，接受了九州帝国大学医学部的入学考试但名落孙山。四月，进入该大学法文学部英文科学习。搬家至福冈后寄宿在冈部朔太郎处，在福冈市唐人町海岸路住了三个月左右。七月，去父亲的任职地弘前，直到翌年一月离开，在此度过了约六个月。其间，被弘前的文学风气所影响，

青年井上靖

与《诗集社》的白户郁之助共同策划，想要办一本和"作文练习册"一样的同仁杂志，对作诗的热情高涨。十二月，终于和今官一、白户郁之助等人创办了《文学 abc》。

此外，井上靖搬到东京市外巢鸭町上驹込八三六号的铃木家，是在昭和六年六月。但我认为井上不可能直接从福冈去了弘前。因为那个时候四高的同学们都已经升学到了日本全国各地的大学，何况还有同学和井上一样复读过一年，所以他绝对有可能在经过东京的时候跑去老朋友寄宿的地方叙旧，商量一下今后的打算。当然，井上为了在东京有个落脚点，找到一个临时寄宿点也很正常。

顺便说一下，同时代的作家太宰治（比井上靖小两岁）在这年正好与井上靖移动的方向相反，他在四月从青森县来到了东京，同年开始就读于东京帝国大学法文科。就在这年，他与井上靖擦肩而过，其后两人也不曾谋面。除此之外，还有一个人虽然与井上靖没有直接交集，但不得不在此提一下。安藤裕夫在《〈雪虫〉里的教师们》（「『しろばんば』の教師たち」『井上靖と天城湯ヶ島』平成三年八月）一文里，提到了伊上洪作的姑母"咲子"的恋人"中川基"的原型中岛基在退休后，作为"青森县立青森中学教谕"（大正十年八月二十九日至十四年四月一日——藤泽全的调查）去了青森。中岛毕业于国学院大学高等师范部国语汉文学科。大正五年一月至七月赴二松学舍大学进修了汉文，作为一名国语、汉文的教师，在太宰治于大正十二年进入青森中学的时候，他已经在讲台执教了。在与太宰治相关的资料中，未见到有关中岛基的记录，但还是不得不让人感慨缘分的奇妙。太宰治所著《晚年》一书中收录的《回忆》（「思い出」）里有一位讲述了红线故事的国语教师桥本一城教谕，虽然感到非常遗憾，但必须要说明的是这位教谕并不是中岛基。

3. 昭和五、六年井上靖的收获

昭和五年在弘前的经历与其后不到一年的东京生活，究竟为在地下默默盼春来的井上靖的精神带来了怎样的影响呢？笔者选取了井上靖之后创作的自传性作品《青春放浪》中的部分内容，而且省略了与年谱重叠的部分。

> 在东京驹达租了一户人家的二楼，度过了一段游手好闲的时光。（中略）我在东京加入了福田正夫组织的同仁杂志《焰》，发表了几篇作品，但完全没有静下心来投入写诗的想法。

青年井上靖

另外,《我的自我形成史》中也记录着与《青春放浪》同样的内容。

> 这段时间,我大抵是在东京度过的。寄宿在驹込园艺师家的二楼,在驹込中学的校园里打打网球,随性地读读书、写写诗。度过了悠闲的两年时光。与高中时不同,我再次将自己置身于不为任何事所困的自由环境中。

井上靖在与筱田一士、辻邦生两人的一次对谈中,回答了辻提出的有关九州帝国大学法文学部考试的问题,这部分内容记录在《我的文学轨迹》之中:

> 那时我还有半年就要从四高毕业。如果能进入医学部的话,我当然就去读了,但这是完全不敢想象的。因为我物理和化学都不好,况且我根本不知道学微积分这种东西有什么意义。因此我认为自己根本不可能考上理科。

当筱田询问"那时还有当医生的打算吗"时,井上答道:

> 嗯,我想当时还是有些想法的,但在东京度过了

第二章 弘前时期

一年游手好闲的日子后,这个想法就彻底消失了。

自传里描述的两年空白期在对谈当中变成了一年。并且井上靖在对谈中清楚地表示其立志进入医学部的想法"彻底消失了"。

对于同时期发生的事件,宫崎健三(资料二至四的收信人)在《现代诗的证言》(『現代詩の証言』)中如此写道:

> 听已故的井上康文氏说,是他将井上靖介绍给《焰》的发起人福田正夫的。我从二位那里听说,康文去弘前演讲时,回到父亲工作地的井上靖邀请他去海里游了泳。(中略)值得注意的是,井上靖放弃"井上泰"这一笔名,改用真名"井上靖"发表作品正是从昭和五年《焰》的九月号开始。因为厌学,遂在七月去了东京,从那时候开始丢掉用了两年的笔名,他难道不是试图重生吗?
>
> 因厌学而感到自责烦闷的日子一直持续到两年后他考上京都帝大哲学系。大约两年的东京生活,除了年谱收录的在弘前创办《文学 abc》,结识辻润①、萩

---

① 辻润(1884—1944),日本的翻译家、思想家。

原朔太郎，以及加入静冈连队的经历外，可以被称为空白期。在诗歌创作上，虽然昭和五年发表了很多作品，但不知为何昭和六年的作品为数不多。

也许只有诗友才更能体味井上靖当时的心境。为何资料二至四没有在上面引用的著作中出现呢？对于笔者的这个问题，宫崎夫人回答道："研究井上不是目的，为了说明现代诗才援引了井上的事例。"对于宫崎健三在该文开头所说"听已故的井上康文氏说，是他将井上靖介绍给《焰》的发起人福田正夫的"的这一部分，福田美铃在《同仁杂志〈日本海诗人〉与〈焰〉的二三事》(「同人詩誌『日本海詩人』と『焰』のことなど」『井上靖と我が町』平成六年一月)中写道："自收到笠原启介氏寄来的创刊号以来，就对井上先生独自发现《焰》并参与其中一事感到疑惑。我不禁觉得是《日本海诗人》的某位作者告诉了他《焰》的存在，应该是这样一回事吧。"此外，井上靖沼中①时期的朋友，人称文学少年金井广的哥哥——金井新作与其妻子有一段时间做过《焰》的同仁。对于这段缘分，福田美铃说道："不得不感慨，早在那时候无形之中就已经有联系了。"从井上在《焰》上发

---

① 静冈县沼津中学的简称。

表文章及用福田正夫的诗作为《日本海诗人》创刊号的开头这两件事来综合考虑福田美铃的这句话,便可知井上靖在弘前与井上康文相遇虽不是与《焰》(福田正夫)的最初交集,但在人际交往方面颇具纪念意义。

虽说在宫崎健三的论述中出现了《文学 abc》,但井上靖在自己写的《青春放浪》《我的自我形成史》《我的文学轨迹》中并没有谈到《文学 abc》,只提到了悠闲度过的两年寄宿生活。这究竟意味着什么呢?可以推断以下两种情况:一种是井上靖自身并没有重视在弘前抑或是《文学 abc》的经历;另一种则是因为往事痛苦,所以才故意没有提及。

以往(现在也是)的主流看法几乎都偏向前一种情况。本书从后一种情况的视角出发,对井上文学的潜伏期展开论述,关于该时期井上靖自己也得出了一个结论。

在《我的文学轨迹》中,筱田问道:

井上先生认为在东京的两年时光对自身文学有很大的影响吗?还是认为只是一段打基础、无足轻重的时期呢?

井上对此的回答如下:

青年井上靖

> 我可以说是来到东京后才开始创作诗的。我觉得自己在认真写诗,在没有正儿八经学习的状态下悠闲地写诗。但我并不觉得这段东京时光对于我的一生而言是一个重要时期,倒不如说是搬到京大之后那个时期更为重要。虽说在京大我也游手好闲地度过了四年,但我开始逐渐明白写诗究竟是怎么一回事。因此东京的两年于我而言没有什么意义,只是一段靠父母的钱混日子的时光。该说是悠闲还是懒散呢,不仅没了去医学部的意愿,也没有想听法文学部课程的欲望。也正是做什么都提不起兴趣的一个时期,所以只能依靠父母生活。

在这段回答中,井上靖否定了自己两年东京时光(拙论认为应该是六个月的弘前时期和不到一年的东京时期)的重要性。他坦诚地讲从那时候开始认真作诗了,在京大时期也逐渐开始对诗有了理解,这的确很重要。但他说在东京时完全没有领会作诗的方法,也不知诗为何物,并以此否定了在东京的那段时间。

确实,井上的首部诗集《北国》中收录了许多京大时期的作品,井上是以诗来理解这些作品的。如果从散文形式、旁观者视角、树立视觉与绘画性风格来分析井上靖的诗作风格,东京时期或许的确不太重要。《井上靖全诗集》的后记中有如下内容：

> 除此之外，我在早期还创作了六十余篇作品，但由于那时作诗手法尚未成形，现在重新读一遍的话，有时甚至会怀疑这到底是不是我写的诗。虽然的确是我写的东西，但严格来说是我作为诗人出发之前的作品。这类作品未收录在迄今为止的五册诗集中，因此本次全诗集也不做收录。

通过井上靖在上述文章中陈述的对于诗的看法，可以知道他否定东京两年时光的原因。但在《我的文学轨迹》中，辻邦生在对谈中进一步补充了井上靖的言论，同时援引自身经历说道：

> 生活中确实有很多地方平时照不到光亮，这些地方常常非常阴暗且毫无生机，虽然让人感到绝望，但在我开始工作之后，反而觉得从那些没有光亮的地方收获了很多东西。

井上靖对辻邦生的言论表示赞同。然后筱田接着说道，"从一般角度来看，可能觉得那算无忧无虑，但其实无忧无虑的背后是一份潜藏心底的黑暗，正是这份黑暗才

青年井上靖

得以让文学发酵";同时,让对于井上否定自我的强烈态度表达了惊讶之情。或许,下面这段井上靖自己总结东京两年时光的发言,可以回答他们的疑惑。

> 虽然说算是无忧无虑,但那是一段晦暗的时光。当时我觉得无处可去,又遇上那样黑暗的一个时代,虽然想着要是自己有能在社会上立足的一技之长就好了,但始终未能如愿。那段时间我毫无自信。所以虽然也在写诗,但其实除此之外别无他法。

井上靖将弘前、东京的两年惨淡时光归结在两个方面:一方面是全球经济大萧条且长达十五年①的对华战争这一黑暗的时代背景,另一方面是他当时的强烈不自信。

换个角度来看,井上靖当时就读全国名校第四高等学校,一边热衷于柔道,一边接受着家人殷切的期待,这算是光亮照得到的地方。而且,虽然没有如愿进入旧制京都帝大的医学部,但该校是与东京帝大齐名的学府,井上作为家中长子也算光耀门楣。这些荣耀也奠定了青年井上靖在那一阶段对于自己的自信。这样来看,弘前和东京的两

---

① "十五年战争"是日本的提法,指从1931年九一八事变至1945年日本宣布投降期间的对外战争的总称。实际上只有十三年十一个月的时间,但日本将首尾两年均算在内,称"十五年战争"。

第二章 弘前时期

年时光，算是在四高时期之后对井上靖具有重要意义的一段时期。具体来说的话，应该可以称之为文学的发酵期吧。

处于发酵期的井上靖的诗歌风格特征体现在地名上。刚开始写诗时，井上靖的作品中很少出现地名。《正午在汤池里冥默的老人》（「まひるの湯で瞑黙せる老人」，载《焰》昭和四年六月号）中出现了伊豆，《夕阳》（「夕暮」，载《高冈新报》昭和四年十月）中出现了天城山，《惊异》（「驚異」）的副标题中出现了汤原。但是，昭和五年至六年东京放浪期间的作品中地名变多了。《暴风雪之夜》（「吹雪の夜」，载《焰》昭和五年六月号）中有石动，《出航》（载《焰》昭和五年八月号）中有金泽和博多。井上靖于七月从九州前往弘前，随后在弘前期间于《少女》（载《日本海诗人》昭和五年十一月号）中写到"逐渐崩坏的弘前城"，在《在溟濛的暴风雪中》（「溟濛の吹雪に」，载《焰》昭和六年一月号）写到"弘前暴风雪肆虐之夜"。与井上靖早期诗集同名的《不要呼唤春天》（「春を呼ぶな」，载《焰》昭和六年六月号）一诗中也写道："陆奥是暴风雪。/津轻是暴风雪。"

可以看出，昭和五年至六年辗转各地的经历，在井上靖的内心深处埋下一些种子。他截至昭和五年三月待在北陆的金泽，自四月起三个月里待在九州的福冈，从七月开始在青森县的弘前，昭和六年又去了东京驹达，翌年又回到了京都。在其年谱上找不到第二段如此频繁移动的经历。而且正如井上靖在《我的文学轨迹》中间接承认的那样，这段晦暗时光可以说是不安与彷徨交叠的"场所"移动。

作家的作品风格与精神不会在某一天发生骤变。某一作品风格及思想的成形需要长期深入的发酵期。若要从井上靖年谱中找出同时满足其风格变化所需的外部条件和内部条件的阶段，那么可以发现这一时期应被称为一个重要的转折点。

此外，《文学 abc》作为该时期井上文学的航标，起到了连接金泽、福冈、弘前、东京的作用，连井上自己也未曾意识到，在以《文学 abc》为中心的早期诗作中，青年诗人井上靖的精神宛如一渠伏流水在脉脉地流淌。

4. 昭和五年：井上靖年谱空白期的内幕

从年谱来看，昭和五年是他作为井上家长子颜面尽失的一年。虽然为了成为医生而进入旧制四高学习，但这一年他因学力低下而不得不放弃从医之路。参加了九州帝国大学医学部的入学考试，失败后虽然免试进入了该校法文学部的英文科，但仅过三个月就去了东京，寄宿在丰岛区驹达一个叫铃木的人家中。其实早在进入四高的时候，他便与从医之路渐行渐远了。因为如果想进医学部的话，就必须考入以德语为第一外语的理科乙类班，但井上靖进的

第二章 弘前时期

是以英语为第一外语的理科甲类班。即便如此,他四高毕业时还是参加了九州帝国大学医学部的入学考试,他在翌年写给宫崎健三的书信(资料四)中这样写道:

> 恕我直言,我到明年三月为止都没有闲暇负责编辑工作。准备学校的转科考试,忙得不可开交。(中略)因为从三月开始就有空了……

笔者在上一节也提到过,将此处的"转科考试"看作井上尝试转到医学部的考试较为妥当,也可看出在弘前与家人的生活是在父母监督下为转科而刻苦学习的一段时光。

但现实情况是井上靖在学业方面已经无可救药了。最后再讲一下这段时间的情况,把《致母亲》(「母へ」)这首诗中"写下我残破不堪的过去,/你一直在为了我一人而活"这句话,与反映了母亲毕生心愿的"你说只要我能成才"这一部分联系起来看的话,一方面母亲期盼长子、家业继承人井上靖能够顺利成为医生,另一方面井上靖的现实情况是对此无能为力。这首诗把被期盼与现实夹击、感到苦恼不已的青年井上靖的形象清楚地展现了出来。井上在四高读书时候创作的《蛾》,其中交织着对社会现状的描述与对母亲的倾诉,是一首饱含深情的诗(参见前章)。

青年井上靖

在翌年创作的《致母亲》中,之前那种求索的态度与自我确认的姿态消失殆尽,变为与母亲的诀别,或宣誓要与母亲断绝关系的内容。(从这篇《致母亲》开始,他使用真名井上靖发表作品。)

致母亲

写下我残破不堪的过去,
你一直在为了我一人而活。
——你说只要我能成才,
拼命忍受这侵入骨髓的寒流,
你至今仍坚信美丽明月会出现。
我要为你而活是谎言。
我要为自己而活是谎言。
如此严肃的分歧!
——故乡废屋里、垂垂老矣的你,
寒冰般的梦今夜也如海鸣①般从对面袭来。

轻飘飘落到我肩上的这岁月!
不知为何被赐予的这生命!

---

① 暴风雨或海啸来临前,从海上传来的鸣响。

第二章 弘前时期

——母亲与孩子不能互相牺牲。

这是从干涸的泪腺中爆发出的哭嚎。

啊,不孝之子肩负着你的美梦,

无法像帆船般快活起伏。

在你美丽的花园中,

我无法正常地唱起明月之歌,

弹走生命的火花,

我心深处期盼暴风怒号。

像十二月的白杨,直直地伫立,

狠狠地扎根于大地上。

这独一无二的生命!

想为了活着,尝试去拼尽全力。

我无法替代的母亲!

我无法替代的生命!

直到现在也不知该如何爱你,

直到现在也不知该如何弃你,

抱紧日趋消瘦的深夜之魂,

汪——的一声,

我想像狗一样狂吠。

(载《焰》昭和五年九月号,

着重号为笔者所加)

青年井上靖

纵观井上关于母亲的所有诗作内容便可发现,从最初的自我凝视、对母亲的思念,到这里逐渐演变为对母亲的怜悯与绝望。

《蛾》中写到"我了解母亲对我美好的期许""母亲啊,请不要难过"。当然,此处母亲的期许自然指的是他作为井上家的长子继承家族事业、成为一名医生这件事。他在一年后的《致母亲》中写道:"母亲与孩子不能互相牺牲""啊,不孝之子肩负着你的美梦,/无法像帆船般快活起伏。"可以看到井上对自己无法回报母亲期盼的哀叹、自我的觉醒与超然,还有与母亲的诀别。《文学 abc》出版的同月,井上写下了一首可以算是彻底与母诀别的诗。

倒像

倒悬在铁棒上。
因为月亮像水一样让人陶醉。
因为街灯抢先露出秋日光亮。

虔诚的地球之灯——夕颜①在白月光下盛开。
我像在故乡一般,目不转睛地望着地球的倒像。
啊,纵声大笑时看到了站着的母亲。

---

① 牵牛花的别称,因常在夏季的黄昏盛开、翌朝凋谢而得名。

第二章　弘前时期

母亲欢喜地站着,看着大孩子们的嬉戏。
就算给淘气的孩子一个寂静的秋。
在母亲看来也是白色幸福之秋。
母亲与孩子——仅此而已,
我们还是会失落地互相怀念两人的倒像吧。
但是,无论是颠倒,抑或是扭曲,
希望可以没有纷争,用极大的信赖笑着包容一切。
悬挂在母亲胎盘上的我。
吮吸着母亲乳房的我。
背叛,抑或是遭到背叛!
我们绝不会忘记对方的样子。

月光之美将倾倒在母亲身上,
大地之美坚实地支撑着母亲的倒像,
寂寥的秋如潮水般发声。
啊,在这个惹人怜爱的温情之夜,
还有什么在摇曳?
是献给母亲的质朴的表白,
还是装点着母亲人生的纯白花束呢?

不要再为对方的倒像感到悲伤——
我们终究要从这里出发。

青年井上靖

> 为了一个孩子的倒像，笑得如此温柔，
>
> 母亲哟，希望你能永远像今晚这般。
>
> （载《焰》昭和五年十二月号）

井上靖的母亲八重似乎是一位性格刚烈的女性。他在一些散文与自传类小说中也常如此提及，而且现在仍在故乡汤岛守护着井上家的井上正则（井上靖的堂兄弟）也表达了相同看法。如此一来，我们不难理解这对母子一定会针对未来的打算进行一番交涉。想必从这三篇诗中我们可以轻易看出，井上靖在与这样的母亲争执的过程中，发出了不得不进行精神重生的灵魂呐喊。在这里也可以看到井上克服这一纠葛逐渐确立自我的样子。其证据就是将之前使用的笔名井上泰变为真名井上靖。井上靖自己随后也在《文学abc》中将笔名换成了真名。从资料上看，井上从《日本海诗人》昭和五年十一月号的《少女》和《焰》昭和五年九月号的《致母亲》开始便用真名发表作品了。

甚至在离开生活了六个月的弘前之前发表的诗中，也表达了与母亲彻底的诀别。

过失满满的男人

> 最终，还是对母亲讲了令她寒心的话。

心怀憎恨的家伙，心怀蔑视的家伙，

那个男人落寞地伫立在街角，

不禁露出了温柔的笑颜。

凌乱无序的一天！

只有过错像蔷薇般怒放，

在那样的深夜，我扑通一下坐在了地上，

看着手上的萤子一时沉默。

埋葬吧！听到了从某处传来的吼声。

折断了笔，我跑到了深夜的街头。

不如将在寄宿家庭熟睡的家伙叫醒，撕毁书面的约定吧。

叫着阿妈、阿妈，在这条街上走到天亮。

一个孩子，在空荡荡的街上，

我已忍无可忍，想对所有事都一笑了之。

（载《焰》昭和六年一月号）

这首诗之后，作品中便没有再出现过具体的母亲形象。随后，彻底斩断与母亲关系的井上靖独自回了九州。

下列作品中有与母亲相关的表述。例如，《渴》（载《焰》昭和七年七月号）中写道："（母亲啊，妹妹啊，我啊）我已不再相信一个水壶的奇迹。我相信没有一滴水的，冷泉。"《霭》（载《焰》昭和七年十一月号）中出现了临终少女的母亲。《无题》（载《焰》昭和八年五月号）中写道："母亲啊。您低头编织衣物的侧脸太过年轻美丽，我不由得将您错当成腿脚不便的少女。"《破伦》（载《圣餐》昭和十年九月号）中有"母亲啊，我纯正的血统哟"，《二月》（载《圣餐》昭和十年九月号）中有"母亲的脸庞现在也一定年轻美丽"等表述。这些作品中潜藏着以往作品里凸显的、在母亲的期许与自己的梦想间挣扎苦恼的青年井上靖的影子。

5.《文学 abc》中的六篇诗作

之前几节主要是关于《文学 abc》的内容，通过考察弘前时期前后井上靖作品的风格，尝试着探究井上靖的内心世界。本节内容主要以论述《文学 abc》中刊载的六篇诗作，即《尾巴 1》《尾巴 2》《笑》《想死那天》《一个男人》《希望》为中心。首先，将这六首诗的全部内容引用如下。

尾巴 1

不知是何时，从失去尾巴那天开始，

第二章　弘前时期

人类变得越来越聪明，

人类变得越来越孤单。

十月①

（想象一下有尾巴的万物之灵长）

秋风让落叶在路上飞舞的日子，

我们肆无忌惮地摇着长毛的尾巴，

非常快活地在巷间横行霸道吧。

月色朦胧的夜晚，

我们将尾巴缠在树枝上，

然后，悠闲地倒挂着，

如此，是否能仔细凝视地球呢？

尾巴2

我像孑孓一样突然冒了出来。

尾巴长出来，尾巴又不见了，

到头来还是变成了人类。

---

① 关于井上靖诗中"十月"的意思，目前学界尚未有定论。

青年井上靖

万物之灵长——是谁!是哪个家伙这样说的?

——那个大放厥词的人,

在树上的猴子都开始嘘叫了吧。

路旁的狗都已经惊呆了吧。

可怜的那个大放厥词的人,

越发地,想要尾巴的十月。

毛茸茸的尾巴!

毛茸茸的尾巴!

瘦狗在秋风中摇着尾巴,

今天也在垃圾箱里翻找着零星的希望。

野狗嗅着未曾谋面之狗的屁股,

今日也以飒爽英姿在冰冷的路上活着。

笑

遥遥飘散的幽灵,

正在碎碎念的幽灵,

都坠入了无尽的深渊。

都茫然地漂流而去。

深夜,我开怀大笑。

笑着,笑着,笑倒在地。

第二章 弘前时期

对着这个该彻底说再见的男子,
因为所谓的明日正紧紧压肩上。
因为两只胳膊还牢牢长在身上。

明日之美在于未知!
穿着破鞋来吧。
浑身是血地吠着来吧。
像尾巴一样尽情在路上摇吧,
像从断崖飞溅的水珠般破碎吧。

我这手随时能干掉这可恶的家伙,
很深,很深,到最深处,
紧紧纠缠着我的两只手。
在暴风雪中高举手握的花吧,
在泥泞中刻上我的墓志铭吧。

深夜,我开怀大笑。
笑着,笑着,笑倒在地。
对着这个该彻底说再见的男子,
因为所谓的明日正紧紧压肩上。
因为两只胳膊还牢牢长在身上。

青年井上靖

想死那天

在沙丘上,有一条哆哆嗦嗦的瘦狗,
一副落魄贵族的样子望着大海。

二月海里的白色波浪一浪接着一浪,
那时还没有帆船。

我抽着烟,
总是望着海。
因为幻想漂到寒潮最深处后,
可以看到那里开着赤红的花。
早在远古,地上开着的那朵花,
静静地在海底呼唤着我。

一个男人

男人在法庭上高声作答——
我没有后悔。
如果我后悔了就不会那样痛下杀手。
太恨、太恨,恨到骨子里了。

男人在法庭上高声作答——
我没有头脑发热,也没有癫狂。

第二章　弘前时期

我在像冰块一样冷静的状态下干的。
我感到不杀不快所以选择了痛下杀手。　　　　　93
就算我有枪,也不会乱杀素未谋面的人。
就算我有剑,也不会乱杀毫无恩怨的人。
就算我被缚住手脚,就算我被严厉喝止,
只要我觉得忍无可忍,那就会动手。

男人在法庭上高声作答——
我的杀人行为没有冠冕堂皇的借口。
我的杀人行为绝对和红十字条例扯不上关系。
只是因为恨,恨到了极致而已,
只想将其扯烂撕碎踏在脚下。

几十年后,男人又回到了人世。
有多少教诲师劝导过这个男人呢?
这几十年的牢狱生活又教会了他什么呢?
男人径直回到了当年事件的现场。
一边笑着一边小声自语。
——不管人生重来几次,我定会做同样选择。　　94

希望

GO!雪崩式的命令算什么?

青年井上靖

> STOP！停滞不前的命令又算什么？
> 数百人都收到数百张纸片的那天。
>
> 警官哟，能不能说一次 GO！就干完？
> 前后左右，能不能说一次 GO！就干完？
> 把毫无道理的这事，
> 在十字路口，狠狠甩过去干啊。
> 就在那瞬间，太阳包围了高楼。
> 柏油路上唱起那热血沸腾的歌吧。
> ——人生，有什么金贵的？
>
> 路上终归会留下冷凝的夜露。
> 令人痛心的风评如滚滚波浪拍打过来。
> 我爱的卖花姑娘哟，
> 那天，在黎明街角邂逅的少女哟。
> 就在那天，
> 从你脸上那可人的眼眸中，
> 即使身在都市的柏油路上，也能看到一丝希望吧。

　　首先来看《尾巴1》，它与刊登在《焰》（昭和五年十二月号）上的诗几乎是一样的，也就是改写自刊登在《北冠》（昭和五年十月号，终刊号）上的《人类变得寂

第二章 弘前时期

寞的那一日》(「人間がわびしくなった日」)。它们前两连都是一样的,第三连开始则有所不同。《人类变得寂寞的那一日》的第三连及之后为:

> 我们在秋风中,翩跹地挥舞着尾巴,/能够十分快活地在街巷里肆意妄为吧。/不然的话,就将尾巴缠在树枝上/然后,悠闲地倒挂着/如此,是否能仔细凝视地球呢?

与此对应,《尾巴1》中则是:

> 秋风让落叶在路上飞舞的日子,/我们肆无忌惮地摇着长毛的尾巴,/非常快活地在巷间横行霸道吧。
> 月色朦胧的夜晚,/我们将尾巴缠在树枝上,/然后,悠闲地倒挂着,/如此,是否能仔细凝视地球呢?

其中差异,如上所示。《人类变得寂寞的那一日》中的"我们在秋风中,翩跹地挥舞着尾巴",在《尾巴1》中被改为"我们肆无忌惮地摇着长毛的尾巴",并且三、四两连形成了对偶句。

《尾巴2》发表在《文学abc》上的版本与《焰》上的版本的差异如下。《焰》版本中,"我像孑孓一样突然

青年井上靖

冒了出来"之后加入了一句"系统发展①族群的尽头";"万物之灵长——是谁！是哪个家伙这样说的？"中"是谁！"的"！"改为了"，"，句末的"？"改为了"！";"——那个大放厥词的人，"改为了"那个大放厥词的人——";"在树上的猴子都开始嘘叫了吧"改为了"树上猴子正笑着吧"。虽然有这五点差异，但是大体上诗情本身并没有改变。

关于《尾巴1》《尾巴2》在井上靖的诗的谱系上的定位，《鸽子啊》(『鳩よ』一九九〇年四月号、34頁)里收录的井上靖与福田美铃的对谈中有如下内容：

> 大概有一年左右，用井上泰的名字写了初期的诗作。从泰改为靖的时候起，诗姑且算有点样子了。然后，我觉得那两首名为《尾巴》的诗大概可以算作新的出发点吧。

的确如此，《尾巴》既被收录在初期诗集《不要呼唤春天》中，也作为井上靖自选诗抄被收录在《鸽子啊》里面，从这点来看就能够理解其具有的意义。以这些事情作为依据，我想试着就"尾巴"所具有的意义进行考察。

---

① 又称系统发育，各个物种间由低等到高等的进化过程。

"尾巴"，在《尾巴1》的第三连中是狗的尾巴，在第四连中则是类人猿的尾巴。在《尾巴2》的前半部分，"尾巴"是在树上嘘叫的猴子的尾巴，后半部分是"毛茸茸的尾巴！"，最后又变成路边瘦狗的尾巴。

狗是在井上靖初期诗作中多次登场的动物，每一次出场都是作为自我投影的对象。着眼于这一点，将《文学abc》之前，关于井上在对自己的描写过程中，使用了猴子、狗等明喻表现的诗作列举如下：

> 一个人，像猴子一样，爬上了濑户的栎树。
>
> （《二月》，
> 载《日本海诗人》昭和四年四月号）

> 是什么让我成了可怜的野狗/是什么让我成了悲惨的疯狗？
>
> （《风暴》，
> 载《北冠》昭和四年十一月号，
> 又载《焰》昭和五年一月号）

> 今夜，在皎洁的月光下/我也，想像狗一样吠叫。/汪——/我也想像狗一样吠叫。
>
> （《向月光吠叫》，
> 载《日本海诗人》昭和五年一月号）

青年井上靖

  汪/我想试着如狗一样吠叫。

           （《港之诗》，

         载《焰》昭和五年七月号）

  汪——的一声，/我想像狗一样狂吠。

           （《致母亲》，

         载《焰》昭和五年九月号）

  不知是何时，从失去尾巴的那天开始

      （《人类变得寂寞的那一日》，

         载《北冠》昭和五年十月号）

  在《文学 abc》之前发表的作品中，包括重复的，能够列举出七篇。其中，猴子仅仅在《二月》（《冬日来临那天》之后第二篇被发表的作品）中出现，其余的全是像狗一样吠叫的表现。而以上例子全都被用作诗的结尾。

  井上靖诗歌的处女作《冬日来临那天》（载《日本海诗人》昭和四年二月号）中展现了一条在金泽的小路上蜷着尾巴徘徊的野狗形象。与之相对，《二月》中则反复出现了"朋友啊，不爬树吗"这一表现。获得芥川奖的小说《猎枪》和《斗牛》虽然是同一时期的作品，其风格却有所不同。类似的,《冬日来临那天》与《二月》的主题也明显不同。

在不同的主题中,《尾巴1》《尾巴2》中猴子尾巴代表什么呢?上一节引用的诗《倒像》(载《焰》昭和五年十二月号)里道出了答案。

> 倒悬在铁棒上。/(略)/我像在故乡一般,目不转睛地望着地球的倒像。/(略)/悬挂在母亲胎盘上的我。

这是在《文学abc》发行当月发表的诗,也是在决定以写作为职业之前创作的,因此我并不认为井上靖的心境有很大的变化。它与《尾巴1》中的"月色朦胧的夜晚,/我们将尾巴缠在树枝上,/然后,悠闲地倒挂着,/如此,是否能仔细凝视地球呢?"这一描写也相近。这里的尾巴,是为了离开现实的地面,将世间的事物以颠倒的视角"悠闲地""仔细凝视"的重要工具。换言之,这是一种向母胎的回归,同时也是对世间事物的客观审视。可以说,在《二月》中想从树上看着世间的井上靖,通过《尾巴1》等作品,开始确立了之后为人所知的"旁观者的视角"。

关于另一条尾巴即野狗的尾巴,之前已经说过,在猴子和狗中，关于狗吠声的描写较多。在井上靖的初期诗作中，堪称野狗式的比喻在作品中比较引人注目。他将自己的意图分离出去，略微带着些不洁，在路上徘徊，表现出了一个被扼制的灵魂姿态。而这与之前已经叙述过的井上靖本人的精神状况相符。狗不是用表情，而是用尾巴来表达意志的，即《尾巴1》中的"秋风让落叶在路上飞舞的日子，／我们肆无忌惮地摇着长毛的尾巴，／非常快活地在巷间横行霸道吧"，以及《尾巴2》中的"瘦狗在秋风中摇着尾巴，／今天也在垃圾箱里翻找着零星的希望"这样的情形。

将尾巴作为作品中一个意象来看的话，可以发现，井上靖让人类长出尾巴，并且用它挂在树上颠倒着凝视地球，这算是一种幽默，并且这一幽默中隐含着反讽意义，即对人类文明的轻蔑和揶揄。

此外，人类在地球上生活的时间，相对于历史的长河来说，只不过是弹指一挥间，尾巴在这里以一种外部视角，表达了对飞黄腾达的人类的一种悲悯之情。

另一方面，狗尾巴的设定有以下意义：其一，它既是狗群中上下关系的证明，同时对狗来说，比吠叫这一行为更加直接的表达方式就是摇尾；其二，它也是狗表露真心的部位，高兴的话就摇尾，困难的时候则将它卷起，尾巴是诚实地表露自己心情的东西，其中没有类似人类的"不管怎么样先摇尾巴吧"这样的算计，可以被视为坦率活着的象征。将尾巴带有的特殊意义作为一种符号提取出来，将其融入诗作——也许正是因为这一点，晚年的井上靖才会说"那两首名为《尾巴》的诗大概可以算作新的出发点吧"。

此外，对于《文学abc》时期的井上靖来说，《尾巴》的创作正是吐露自己心情的一种手段。并且，这一阶段也是井上靖本人开始认识到这件事的阶段。实际上，从四高时期的处女作到《尾巴》为止，这种作诗用语在其他地方是找不到的。井上靖早期诗作中展现出来的这种敲打逼迫自我吐露感情的特征，自《尾巴1》以后逐渐销声匿迹。与此相对，在《尾巴1》中看到的旁观者的视角逐渐开始萌芽。可以说，《尾巴1》和《尾巴2》标志着井上文学开始细胞分裂的时期，是值得纪念的诗。这一细胞分裂，以"尾巴＝野狗"的形式，不久之后向《落魄》升华，并且对晚年描写四高时期的自传体小说《北之海》也产生了影响。井上靖的友人木部，将井上的分身伊上洪作评价为野狗。

　　你不被任何人理解。知道这件事，会很孤单吧。
　　你是一条纯粹的野狗。虽然不知道是天生的还是后天的，但是野狗无疑。孤独的野狗。（略）作为野狗，

青年井上靖

> 你是纯粹的,货真价实的。(略)野狗这东西是装不来的。野狗有野狗的道理。在这一点上,洪作很出色啊。他是天生的野狗。他有着野狗的精神:虚无、颓废,并且叛逆。

对于井上靖来说,这个时期的野狗是"野狗→孤独→孤高→狼"这一链条中的起始点。对于之后的井上文学来说,这一点与在弘前各处游历的经历相辅相成,深深地扎根下来,具有重要意义。

关于"尾巴 = 野狗"的象征,有一首题为《落魄》(载《日本诗》昭和九年十二月号)的两行诗。这在井上靖的诗作中也算一首特殊的诗,根据井上靖本人的叙述,这首诗受到了安西冬卫和三好达治的影响,其中也出现了尾巴的意象。

《落魄》是井上靖唯一的两行诗,它能让人联想到三好达治的《雪》这首诗。

落魄

在尾巴上竖着旗回到了故乡。

故乡在白色的沙尘中步入了黄昏。

《落魄》中的尾巴与《尾巴1》《尾巴2》中的尾巴显

然性质相同。之前也提到过，动物的尾巴，尤其是狗的尾巴，具有完整的表达机能。单凭"卷起尾巴""摇尾巴"就可以理解行为主体的意思。《落魄》从"在尾巴上竖着旗"开始，仅仅借此就已展现出了绝顶得意、意气风发地返乡的姿态。

关于《落魄》之后会再次谈及。回到《文学 abc》上，《尾巴2》比《尾巴1》更加突出尾巴的重要性，以及没有尾巴的人类的悲哀。尤其是最初的三行，相比《尾巴1》，写得更加贴近自己，并且展现出对野狗的羡慕之情。狗拥有直白表露自己感情的手段，带着这种自信生活的姿态表现越强，越反衬出人类的尴尬，继而发展为对自我存在的否定。这一自我否定式的风格被接下来的《笑》所继承。

《笑》由五连组成，多用对偶的形式。井上靖将自嘲摆在台面上，第二连和第五连的反复则是让自嘲的意味更加强烈。接着，在否定自我之后回归现实，矮化了的自我存在，因为自嘲的偏差较大，其绝对值的振动才愈显强烈。这种向一定方向倾斜，并使正负逆转来提高表现效果的手法，在之后的井上文学中被多次使用。《笑》则是井上文学，尤其是诗的方法论的原点。

接下来，将视线移到《文学 abc》的第四首诗《想死那天》上来。

青年井上靖

《想死那天》是一首三连十行的诗。第一连"在沙丘上，有一条哆哆嗦嗦的瘦狗，／一副落魄贵族的样子望着大海"正是井上靖本人在弘前的样子。借用《我的文学轨迹》里的话，此时的井上靖"完全没有自信这种东西"。这里的主角与《尾巴1》《尾巴2》一样，也是一条狗。把自我投射到瘦狗、野狗等意象上，把自己表现为战战兢兢的落魄贵族。

第五篇《一个男人》由四连组成，是井上靖作品中最为激进的作品之一。从第一连到第三连的开头以"男人在法庭上高声作答——"起始。重复使用着对偶和反复，一口气向最后一连进发，以"一边笑着一边小声自语。／——不管人生重来几次，我定会做同样选择"结束。从第一连到第三连的时间上的连续，与第四连在时间上的间隔，可以看出与《猎枪》的表现手法非常相似，用时间推移使作品中的形象凝缩和冻结，这种手法的源头应该在此。

最后的《希望》由三连组成，可以将其归为批判社会的作品。它是井上发表在《文学 abc》上的六首诗中最接近无产阶级诗歌的作品。然而，虽说接近，但远远比不了青木了介等人的作品。在第二连中，他让作为国家权力象征的警官登场，对他们通过"GO！""STOP！"来对民众进行洗脑的工作进行了讽刺。至于"数百人都收到数百张纸片的那天",甚至可以说是在暗示召集令状。接着,"——人生,有什么金贵的?"是对人类尊严的彻底否定。第三连中使用了在《一个男人》里可以见到的时间推移的手法,将情感移置到卖花的小女孩这一社会弱者的身上,一边预言着可以找到一个希望,一边总结全诗。

《文学 abc》里收录的六首诗处于四高时期文风与《北国》文风之间的过渡期。在这部分内容中,笔者尝试论述了《文学 abc》前后的作品风格。这一时期的文风,体现出井上靖的生活和心情,有的激进,有的则以旁观者的视角展现出浓烈的自嘲色彩。这六首诗的特征还在于,它们像连诗一样有机地联系起来。《尾巴1》以奚落的、旁观者的视角描写了人类行为。《尾巴2》扩展了这一旁观者的视角,并加强了奚落的程度。承接《尾巴2》,《笑》在诗的题目中就直接表达了自己的心情,通过使用从自我否定到存在确认的手法,反衬出其背后的人类社会。承接了《笑》的自我否定,《想死那天》将自己比作一条瘦狗,即便如此也仍将自己的思念寄托于海底盛开的红花上。这一思念,与利己主义相联系并变成一种确信,即《一个男人》中"我感到不杀不快所以选择了痛下杀手"这一杀人者的呼喊。被杀的对象也许是自己。于是"一个男人"的杀意的原始动力,就是潜藏在井上靖身上的能量。

第六首《希望》在总括了前五首关于死亡的意义后,再次对权力者与社会的弱者进行了对比。从"——人生，有什么金贵的?"的呼喊，到在都市的柏油路上寻找希望的这一过程，可以清楚地看到井上靖投射在《文学 abc》上的心情。

6. 井上靖《文学 abc》时期的真相

上面内容，以《文学 abc》为中心，尝试追溯了潜藏其中的井上靖执念的轨迹。其结果是，弘前经历的重要性逐渐浮出水面。前文的论述，给一直以来井上靖年谱中欠缺的部分带来了一抹光亮。今后我也会继续搜集相关资料，使上述推论更加充实。

最后，我想再次细细体会井上靖的书信（资料四），以此作为本章的总结。这封信从弘前寄往位于高冈的《北冠》编辑宫崎健三处。信件发出的日期为昭和五年九月二十四日。关于这封信，宫崎健三在《井上靖青年时代的诗》(「井上靖の青年時代の詩」)的文末写道：

> 他在《青春放浪》的一节中有一段暗含深意的述怀："我并不是土生土长的北方人，仅仅是青年时代有一段时间在北方度过。然而，我想我思考事物、感受事物的方式受到了北方的极大影响。"井上文学中所具有的北方人式的想法、心情、感受的原型，在

不被世人所知的，昭和四、五年的初期作品中就能够看到。在这一意义上，我认为它们对于井上靖文学研究来说是珍贵的作品群。

此外，昭和五年秋，在拿到《北冠》第三号之后，偶然发现我这里还有一封井上从弘前寄给我的长书信，其中详细记载了当时的井上靖对于诗的想法。关于这封书信我想另寻机会再做介绍。

这段文字写到了宫崎健三对于井上文学的观点，其中也提到了书信的重要性。然而，书信尚未公开，宫崎健三就去世了。因此，本书算是对该问题的初次探讨。

在这封信中，井上靖先从自己对于宫崎的新同仁杂志发行的感想开始。在说了"您的提议，我认为非常有趣。请务必让我加入"之后，便开始了对诗坛的批判："如今诗坛中，一本好的诗刊都找不到。因此，如果我们三人紧密地联合起来，我想会非常有趣。我从很久之前就考虑着，如果能和您以及久凑君三人出版诗刊的话，大概能创作出好的作品吧。"这展现了井上靖想与《北冠》的主要成员重新推出一部诗刊的积极性。确实，同仁变多后，便会产生质量低下和向心力不足等问题吧。"迄今为止的同仁杂志里办得好的，《森林》也罢，《原始复兴》也罢，都是由三四个人坚定组成的。我想三个人是最理想的。"《森林》和《原始复兴》我都未曾见过，因此难以多加评论，但是至少可以看出，井上靖与《原始复兴》的成员认识，并朝着创办《文学 abc》的方向努力。接着，"听说在白户、长野濑、木山等人的《原始复兴》里，同仁之间会互相选出每个月最好的作品并发表"，这里出现了《文学 abc》的相关人员，并且关于同仁选定的标准，井上提出了"对于诗刊的热情"。接着，大概是由宫崎提议轮流编辑，井上靖以"三个人展示出三种色彩，非常有意思"表示了支持。井上靖这一热情的言论在之后的《圣餐》中收获了成果。他进一步说道："作为只有三个人的诗刊，无论是其他的什么人，除了特殊情况以外，都不要刊载，如何？只要去拜托，肯定能收到不少中坚诗人的作品，但那样做的话，显得我们很无能。"他在此强调了同仁杂志的纯粹性。同时也可知道，在当时，地方的同仁杂志为了提高自己的地位，会向中央诗坛的大佬寻求帮助。

井上讨厌的大概是自己的诗刊成为中央诗坛的驻外机构。接下来的话是预料到了其他人对前述内容的反应之后的发言，这也是井上论述其关于诗的观点的重要内容。"说来惭愧，我对于诗的态度，到现在也不明确。然而，我从来没有把诗看作社会斗争的一部分。在这一点上，我想请您和久凑君允许我的加入。"根据拙见，这里以最直

第二章 弘前时期

白的方式表达了井上的态度。如果这句话是井上靖在被社会认可之后，以作家身份做出的发言的话，真实性就会大打折扣，但这是青年井上靖根据当时置身的情况做出的判断，可见这是吐露真心的一段话。当时，在弘前，活跃着与无产阶级文学相关的出版物，今官一也参与了相关工作。我想这种现象不仅仅在弘前，而且在日本全国都有，而在这种情况下井上靖主张"从来没有把诗看作社会斗争的一部分"，可以看出当时他的想法已经固定了。虽然井上晚年的《辻诗集》等作品也因被收入战争诗集而留名，但这并不是像高村光太郎那样完全配合政府而创作的诗①，而可以说是带着镇魂曲的性质。结合书信中提到中央诗坛诗人等内容，可以看出井上身上那份独特的气质，堪称不偏不倚的精神立场就是在这一时期确立的。

　　自传和年谱中都提到，井上靖在东京的两年间无所事事。但本书就其前半部分的昭和五年，以弘前这一视角进行了论述。下面书信的部分内容，进一步否定了东京赋闲说。书信中写道："恕我直言，我到明年三月为止都没有闲暇负责编辑工作。准备学校的转科考试，忙得不可开交。（中略）因为从三月开始就有空了……"所谓"学校

---

① 后文将会提到《大东亚》诗集发行时，高村为其作序。这些迎合政府出版的鼓吹战争的诗集被批判为附逆诗集。井上靖对此也持批判态度。

的转科考试"指的学校是哪所还不明确。根据藤泽全的调查，井上靖在昭和五年十月十五日以"家中有事"为由，从九州帝国大学法文学部获得了退学许可。寄给宫崎的这封信的邮戳为"昭和五年九月二十四日弘前"，因此，合理的推论是井上靖寄出这封信时已经在准备"转科考试"了。或许能够想象从九月二十四日到十月十五日之间，井上与父母之间发生了相当大的争执（其堂兄弟井上正则先生告诉笔者，"听说，他考上大学还是很高兴的，结果因为科目不对，还大闹了一场"，也许说的就是这段时间的事），如果是这样的话，就更加说明井上靖在这段时期不得不遵照父母的命令，在成为医生的道路上奋勇前行，根本谈不上无所事事。然而，另一方面，就像在信中能看到的那样，他在年龄上已经步入成人，但精神上还在自我形成的过程中，尚未被成年人的社会同化。井上靖正抵制着来自文学尤其是诗的诱惑。在这样的情况下，将笔名从泰改为本名靖，向宫崎健三提议三个人分别拿出三日元来创办诗刊的井上靖，终于通过在十二月加入《文学 abc》而长出了"尾巴"，开始醉心于诗的世界。

第三章　执念的轨迹

——昭和六年

1. 昭和六年的诗

昭和五年十二月井上靖在《文学 abc》上发表了六篇诗作。翌年昭和六年的一月，井上靖与母亲进行了精神上的诀别，为了参加医学部的转科考试而从弘前回到了福冈，也着实做出了一番努力。然而那年三月，井上家迎来了重大的变故。

这个变故指的是作为全家顶梁柱的父亲隼雄结束了军医生涯。

根据藤泽全的调查，在昭和六年四月二十日井上隼雄向第三师团师团长川岛义之提交的履历中，记载着如下内容：

青年井上靖

昭和六年　三月　十一日　任军医监①

同　　年　三月　十八日　奉命待命

同　　年　三月二十七日　奉命担任预备役

（上谕）

多亏了井上隼雄进入军队，井上家一直以来靠着军人补贴来维持生活。在即将退役之际，隼雄的军衔从大佐升任至少将（军医的最高军衔），可谓是光荣退役。对于井上隼雄本人来说，这为他二十八年荣耀的军医生涯画上了完美的句号。然而，井上家却有了新的担心，那就是长子井上靖将来的发展方向。

那一年，满洲事变（柳条湖事件）② 爆发。这是直到一九三七年的日支事变（卢沟桥事变）③ 为止，所谓十五年侵华战争开始的混乱时代，也是军事优先的呼声日益高涨的时代。随着转到医学部的转科考试以失败告终，在成为医生的道路走得越来越艰辛的现实情况下，井上靖在六月搬到了东京市外巢鸭町上驹込八三六号的铃木家。

昭和六年六月号《焰》中的两首诗直接反映了井上

---

① 日本旧陆军中负责卫生、诊断、治疗等工作的官职，军衔相当于少将。
② 即九一八事变。
③ 即七七事变。

第三章　执念的轨迹

靖的心情。

昂首前行

已经，不会再把眼睛闭上了。

已经，不会再把耳朵捂上了。

给穷途末路的男人，只有一条，敞开的路。

穿过暴风雪的心脏，

不可思议的是，竟然是一条澄净的、万籁俱寂的路。

寒冷由这双耳朵来痛快地接受。

饥饿由这个肚子来充分地体会。

疲劳由这双脚来稳稳地感受。

昂首前行。

抬着头，笔直地浴雪前行。

无止境地持续着的暴风雪的道路，

一盏灯也看不见的溟濛天色下的行人，

就由这两只眼睛，清楚地凝视它们。

既不是希望，也不是叛逆。

也不是放弃。

（载《焰》昭和六年六月号）

青年井上靖

不要呼唤春天

不要呼唤春天,一声也不要呼唤春天。

保持那样就好。

只是,白皑皑地破碎着就好。

保持那样就好。

只是,萧索地蔓延着就好。

陆奥是暴风雪。

津轻是暴风雪。

被两个半岛怀抱着的海峡!

忍耐着,忍耐着,一声不响地忍耐着在暴风雪中待着吧。

在海峡深处的底部,盛开着赤红的花吧。

比寒潮更凛冽。

比寒潮更严峻。

意志,严冬的海峡的意志,

今晚,会安静地,独自盛开吧。

(载《焰》昭和六年六月号)

这两首诗,在所谓井上靖的初期诗作中,可以说是最为严厉地审视自己的作品。就在前一年的弘前时期,他还展现出依赖母亲,或者凭着长子的名头撒娇的身影,这次他完全切断了对过去的执念，转而一心一意地尝试去探索自己的内心世界。

要讨论昭和六年，我希望首先从这两首诗在井上文学中的重要性开始谈起。

2.《昂首前行》

前文中已经提到，在井上靖的初期诗作中，《昂首前行》是最严厉地审视自己的作品。以下将具体说明这一点，并阐明其与之后的井上文学的关联。

《昂首前行》的结构如下。

"已经，不会再把眼睛闭上了。/已经，不会再把耳朵捂上了。""寒冷由这双耳朵来痛快地接受。/饥饿由这个肚子来充分地体会。/疲劳由这双脚来稳稳地感受。"这是井上靖与现实的全面对决。这些诗句后面承接的是"昂首前行。/抬着头，笔直地浴雪前行""无止境地持续着的暴风雪的道路，/一盏灯也看不见的溟濛天色下的行人，/就由这两只眼睛，清楚地凝视它们"这样的语句，这与井上靖直接抒发的心情是相符合的。而它又作为"既不是希望，也不是叛逆。/也不是放弃"的事物走向自我完结。其中，请注意这一句话："给穷途末路的男人，只有一条，敞开的路。/穿过暴风雪的心脏，/不可思议的是，竟然是一条澄净的、万籁俱寂的路。"笔者认为，这首诗奠定了之后井上文学的源泉之一的低音基调。换言之，这可以说是"白色河床"的原型。目前井上靖研究中多数的论据，都以小说《猎枪》中的"白色河床"为出发点，但是进一步向前追溯的话，便可以寻求到这首诗。我想应当将这首诗作为井上文学的孤独性与诗性精神的坐标原点，来重新加以审视。

这首诗的第一连末尾的"给穷途末路的男人，只有一条，敞开的路。/穿过暴风雪的心脏，/不可思议的是，竟然是一条澄净的、万籁俱寂的路"这部分内容，不仅与小说《猎枪》有联系，也有可能是小说《斗牛》中，不管当日下雨仍然奋勇前进的主人公津上的心理状态。此外，他晚年的代表作之一，于昭和五十七年（一九八二），即七十五岁那一年获得第十四届日本文学大奖[①]的《本觉坊遗文》中，描写利休死后紧随其死去的本觉坊时，以象征的场景表现出来的"寒冷而干涸的砂石之路"，也与其构成一个同心圆。借用开头部分本觉坊的话来说，正是"没有外人会想要踏进来，连一草一木都没有的、一条长长的碎石路"。如果具体引用利休与本觉坊的对话，就可以知道是这样一条路：

---

① 1968 年至 1987 年间，由新潮文艺振兴会设立的文学奖项。

第三章 执念的轨迹

——不知何时,在那条寂静的砂石路上分别了。(略)

——但是,那个时候没能与您告别。马上,我又沿着那条路折返,之后就一直跟在您的身后。

——那条路是我一个人的路,是本觉坊等人不能进入的路。

——请问是为什么呢?

——作为茶人利休的路。其他的茶人,各自有其他的路。(略)虽然不知道好坏,但作为战国乱世中的茶的道路,利休选择了那条寒冷而干涸的砂石之路。

在此,出现了可以称为《本觉坊遗文》主题的利休的命运观。与秀吉在茶室中经过无声的死斗之后,利休找到的是"只有一条"敞开的路。这正是"不可思议的是,竟然是一条澄净的、万籁俱寂的路"。

同样的场景,也在代表作《冰壁》(『氷壁』)中出现。主人公鱼津,在纯白的浓雾中遇险,然而最后的描写是"鱼津渐渐感受到了曾经独自一人在黑夜里漫步的心情,但是,能在身边看到白色这一点,却与夜里不同"。鱼津为了遇到阿馨而战胜犹豫、拼命前行的孤独心情,与青年井上靖的"给穷途末路的男人,只有一条,敞开的路。/穿过暴风雪的心脏，/不可思议的是，竟然是一条澄净的、万籁俱寂的路"这一接近于悟道的心境重合，我想这不是巧合。《冰壁》中鱼津的手记以"雾气散尽。月光皎皎。二时十五分。苦痛全无，未感寒意。寂静。无限的寂静"结束。在《昂首前行》之后引用《冰壁》，是因为如果借用福田宏年评价井上靖小说时用到的"诗意的织锦"这一表现的话，这里也一定存在诗意的源泉。

此外，在《焰丛书诗集》中，晚年井上靖又亲自添加了五行内容。

> 十分的苦恼就要当作十分去认真对待。
> 百分的苦恼就要当作百分去认真对待。
> 不要敷衍，
> 要坚持到你忍耐的极限为止，真到那时忍忍也就过去了。
> 穷途末路的男人都会走上这条路吧——

这是跨越了半个世纪后增加的内容，是回想起了当年的苦恼后进行的添加。从这里可以看出井上靖将自己逼至绝境且直面苦恼的姿态，而且这里也展现了正在云淡风轻地怀念、凝视当时的时代与社会环境的井上翁形象。

这一时期的作品基本以《昂首前行》为代表，主要受到了仓田百三在《绝对的生活》里"活着就是烦恼。活着本身就好比错综缠绕的绳子一样不可预见"的影响[井上靖于平成二年四月在池袋东武百货店的演讲《我的昭和》(「私の昭和」)]。确实,正如宫崎健三所指出的那样,《在溟濛的暴风雪中》、《过失满满的男人》(「過失だらけの男」)、《诗二篇》(之后由《昂首前行》与《不要呼唤春天》改编)、《嗤笑》(「嗤ふ」)等作品中都展现了充满艰辛的求道青年的形象。

3.《不要呼唤春天》

井上靖晚年时,初期诗集《不要呼唤春天》付梓,题目的名字正是取自该书收录的同名诗。关于这本诗集,金子秀夫在《凝视生命的诗人们》(『生命凝視の詩人達』青树社刊,一九九二年)中这样写道:

> 初期诗集《不要呼唤春天》,正如他本人已经写到的,可以看到从前辈萩原朔太郎的诗集《冰岛》、室生犀星的诗集《鹤》中受到的影响,以及从福田正夫等其他《焰》同仁们处受到的各种文学影响,同时也能从中看出井上靖早期诗作的只鳞片羽。它可谓是知性的、探究型的诗性精神的矿床。初期诗集收

录的大多是分行的抒情诗，但也尝试了散文诗，夹杂着虚构的散文诗与晚年作品相比，另有一番特别的魅力。而且，初期诗篇中有着否定现实的惊人能量。与之相应，朝着自我探索、自我确立所展现出的精神彷徨，激烈且纯粹。

除了井上靖本人在作品里提到，以及向来被众人津津乐道的与萩原朔太郎、室生犀星等人的关系之外，我认为也很有必要将目光集中于以福田正夫为中心的诗刊《焰》，井上靖不仅当时而且直到晚年一直是《焰》的同仁。虽然后文中会详细叙述，但在此不得不提的是，井上靖能与萩原朔太郎相遇，正是通过福田正夫。

此外，曾参与编辑《焰》的福田美铃告诉笔者，在初期诗集《不要呼唤春天》编辑之际，井上靖本人曾对一些地方进行了改写。[1]（本文的目的是考察昭和六年的井上靖，因此采用改写前的作品。）

《不要呼唤春天》，以"不要呼唤春天，一声也不要呼唤春天"这一禁令开始，并使用了"只是，白皑皑地破碎着就好""只是，萧索地蔓延着就好"的对偶表现。接着，可以说是作为弘前经历的证明，他写道："陆奥是暴风雪。/津轻是暴风雪。"他用这种方式将地名穿插到诗中，并以自我劝说般的"忍耐着，忍耐着，

第三章 执念的轨迹

一声不响地忍耐着在暴风雪中待着吧"作为这一连的结尾。

第二连中的"在海峡深处的底部,盛开着赤红的花吧",以"比寒潮更凛冽""更严峻""意志,严冬的海峡的意志,／今晚,会安静地,独自盛开吧"强烈地昭示其意志之强大。关于这个"意志",在后文中会提到,萩原朔太郎的作诗用语中也有"意志"登场。"意志"之强大、自我求道精神之强韧,成为这个时期井上靖诗风的特征之一。

井上靖的这一姿态,与二十世纪三十年代的时代思潮并非毫无关系。金子秀夫(同前文)就此说道:"在其反抗性的诗性精神中,不怎么看得到当时流行的无政府主义、虚无主义、马克思主义等意识形态的影响,由此可以看出井上靖的诗情中所包含的自我向阳性[1]。"

正如金子所指出的,堪称"诗情中所包含的自我向阳性"的"意志"牢固地存在,并使得井上靖的初期诗作得以成形。这个"诗情中所包含的自我向阳性"的"意志",于昭和六年走到了尽头,作为替代,堪称暴力的虚无主义强烈地表露了出来。

---

[1] 指井上靖个人坚韧不拔的性格,他不管遇到什么难题,都是朝向太阳和光明,积极地去碰撞、去解决问题、去克服困难。

4. 萩原朔太郎与井上靖

年轻时的萩原朔太郎　　　　　　晚年井上靖

（均为坂西秀昭画）

在研究井上靖在昭和六至七年的情况时，必须考察以福田正夫为中心的人际关系的扩展。首先可以列举出的就是萩原朔太郎。在福田宏年的年谱中，关于昭和六年有如下记载：

> 这一时期，作为诗刊《焰》的同仁之一，经常来往于京王线笹塚的福田正夫家，一心扑在写诗上。

第三章　执念的轨迹

住家的长子是一个文学青年，通过他结识了辻润。通过别人（福田正夫——笔者注）与萩原朔太郎见面也是在这一时期。

关于与萩原朔太郎的相遇，井上靖自己这样写道：

  我与朔太郎见过一面。还是京都帝大学生的时候去了东京，福田正夫氏带着我，去拜访了位于神奈川县寒川町（当时是寒川村）的真田喜七先生。那个时候见到了朔太郎，他身着和服，沉默寡言地往嘴边送着酒杯。我想那大概是《冰岛》出版的不久前。虽然举止中多少有些自我堕落的感觉，但是能感到在他的某些地方沉痛与精悍并存。（略）年龄应该是在五十岁前后，但不可思议的是，既感觉没有五十岁这么老，也感觉不到有多年轻，只能感到有一个醉酒的诗人在那里。

      （《〈乡土望景诗〉赞》，
    载《国文学》一九七八年十月）

在《我的自我形成史》等作品中也提到了同样的内容。

青年井上靖

　　　　我与福田正夫一起拜访了诗人真田喜七的家，在那里遇到了萩原朔太郎。朔太郎是我曾经最尊敬的诗人，因此我非常紧张，就坐在了摆放着酒壶的餐桌前。虽然交谈了三言两语，但是说了什么现在已经完全不记得了。那是《虚妄的正义》（『虚妄の正義』）正出名的时候。《冰岛》还没有出版。

　　　　　　　　　　　　　　　　　　（《青春放浪》）

真田喜七是福田正夫主办的诗刊《焰》的同仁。井上靖也从昭和四年的五月号［首次发表的作品为《初春的伤感》（「初春の感傷」）］开始成为同仁。我将真田喜七的住所变迁从年谱中摘录了出来（『真田喜七全詩集 誕生と死』劲草书房、昭和六十年十二月、443页）。

明治三十五年	作为长子出生。家里是神奈川县高座郡寒川村仓见的地主，经营着一家肥料公司。
昭和二年（二十五岁）	移居茅崎町下高砂下（现茅崎市中海岸）。
昭和六年（二十九岁）	与福田正夫相遇，成为《焰》的同仁。

第三章　执念的轨迹

昭和八年（三十一岁）	从茅崎搬至横滨市中区山下町互乐庄。
昭和十年（三十三岁）	从横滨搬至东京市世田谷区代田町。萩原朔太郎成为其租房的担保人。
昭和十一年（三十四岁）	再次将住所搬至横滨市中区山下町互乐庄。年末回到寒川村。但在互乐庄留下了书斋。

此后，真田喜七就住在寒川村，昭和十七年担任寒川町町会议员，昭和二十一至二十七年担任町长。

另一方面，萩原朔太郎的年谱（现代文学大系 34 筑摩）如下。

昭和四年

七月	与稻子夫人离婚。
十月	《虚妄的正义》出版。
十一月	临时住在乃木坂俱乐部公寓。
十二月	因父亲密藏病危而回乡。

昭和五年

二月	与辻润共同编辑的《虚无》（『ニヒル』）创刊。

青年井上靖

	七月	父亲密藏去世。继任成为户主。
	十月	与妹妹爱一起去东京。住在牛込区市谷台町一三号。
	昭和六年	
	七月前后	搬至世田谷村东北泽。
	九月	与母亲惠、两个孩子、妹妹爱一起搬至位于世田谷村下北泽的新家一〇〇八号。
	昭和七年	
	十一月	在世田谷区代田一丁目六三五番地二号借了约一百四十六坪①的地,着手新建自己设计的房子。
	昭和八年	
	二至三月	代田的新家建成并迁居到此。

福田正夫从大正十二年起就住在世田谷区②下北泽八〇九号。作为真田喜七与萩原朔太郎的连接点,福田正夫是一个无法忽视的人物。两人相遇的时期,极有可能是在

---

① 土地面积单位。一坪约等于三点三平方米。
② 位于东京都西南部,原名世田谷村,在昭和七年(1932)东京都行政区划进行调整时,与驹泽、松泽、玉川三村一起合并为世田谷区,后又于昭和十一年(1936)纳入了千岁、砧两村。(参考《日本大百科全书》)

第三章　执念的轨迹

昭和六年之后。此外，也有观点认为《〈乡土望景诗〉赞》里面提到的真田家并非在神奈川县寒川村仓见，而是在世田谷的代田。真田喜七的女儿山口耿子女士也说："我自己也是从井上靖先生那里听说他去了位于寒川的家，我想大概是先生记错了吧。我直到昭和十一年前后都住在代田，既没有去过寒川，也没有从父母口中听说萩原朔太郎先生到过仓见的家里。"此外，她对笔者说："租借代田的家的时候，是萩原朔太郎先生为我们做了担保。"

昭和二年以后八年间与福田正夫住在一起的《焰》同仁、诗人林鼎告诉笔者，他出席《真田喜七全诗集：诞生与死》的出版纪念宴会时，也听井上靖提过他和萩原朔太郎相遇的事。井上靖在演讲之前，满脸通红地说道（井上靖作为《焰》的同仁，坐在林鼎旁边），"林先生，我之前与萩原朔太郎见过面"，然后说"在寒川村仓见的真田君家里，与朔太郎一起得到了款待"，在特别强调了与朔太郎相遇的意义之后，他说道："印象太深了，所以直到现在仍能回想起来。"此外，他还补充说，朔太郎经常在福田正夫那里下将棋。

山口耿子告诉笔者，井上靖的演讲中"现在，充满了处在著名诗人身边的幸福感，就算遇到朔太郎也可能讲不出话来"这句话，她一直留有印象。

青年井上靖

从萩原朔太郎的《冰岛》出版是在昭和九年这一点来考虑，目前关于萩原朔太郎与井上靖的相遇，并没有一条明确的线索（目前仍在调查中）。在此顺着井上靖年谱中昭和六年的这条线来推进讨论。

如之前年谱所示，这一时期萩原朔太郎的生活发生了巨变。

不难想象，自昭和四年以来，与妻子稻子的离婚、父亲的去世、继任家主、家人离散等目不暇接的变故，让朔太郎在精神上十分劳累。可以说，这是萩原朔太郎最为苦恼的时期。这一时期的苦恼最后收录在诗集《冰岛》中，而在此之前，萩原朔太郎于昭和六年集中发表了《归乡》《乃木坂俱乐部》（均发表于昭和六年三月）等作品。关于这些诗，朔太郎本人在《冰岛》的自序中如此写道：

> 这本诗集收录的为数不多的诗，至少对于作者来说，完全是激情的咏叹诗，它们朴素而直截了当地表现出了诗意激情中最纯粹的兴奋。换言之，这是作者放弃了所有艺术意图与艺术野心，仅仅"顺从内心"，听凭自然的感动所写的。因此，作者本人绝没有想着要让社会来评价这本诗集的价值。对于这一诗集的正确的评价，或许应该是：与其说它是艺术品，不如说是作者真实生活的记录，是被切实记录下来的内心的日记。

第三章 执念的轨迹

> 作者曾经漂流在北海的某个地方，度过了孤寂的冰山生活。从这个冰山的各个岛屿，看着幻象一般的极光，作者一边憧憬、烦恼、愉悦、悲伤、对着自己发怒，一边随着空虚的潮流漂泊着。作者是"永远的漂泊者"，没有栖居的家乡。作者的心里，时常出现极地凄清的阴天，仿佛要割裂灵魂的冰岛风怒号着。作者将这般凄惨的人生与现实的生活，都尽数写进了这些诗篇。

从时间上来讲，井上靖不可能在昭和六年读到这篇自序，但是可能已经读过了《归乡》《乃木坂俱乐部》等《冰岛》中的代表诗作。因此，井上靖应该已经察觉到其中充斥着朔太郎的苦恼，也就是"作者放弃了所有艺术意图与艺术野心，仅仅'顺从内心'，听凭自然的感动所写"的感情。

而朔太郎也尝试将自身的存在（sein）① 移植到诗歌中。从这一视角来纵观朔太郎截至昭和六年的诗作，便可以发现几个共通之处。

作为对朔太郎作诗用词的分析，《国文学》（平成元年六月号，学灯社）中列举了如下核心意象："犬，光和

---

① 存在主义哲学最基本的概念，意指本体的、原始的存在方式。

青年井上靖

井上靖出席《焰》同仁加藤丘之助诗集出版纪念会（昭和六年夏）

后排从左至右依次为：高梨辰、不明、宫本重、平伦盛、井上靖、杉山三郎、林鼎、不明、能登秀大、宫本道、真田喜七。中排从左至右依次为：福田正夫、不明、不明、南条卢夫、神山时雄、稻叶晃、不明。前排从左至右依次为：不明、不明、不明、高桥广江、加藤丘之助、东四郎、长沼重隆、井上康文、绳田林藏、月原橙一郎、不明。

资料来源：载新《焰》创刊号，由福田美铃提供。

影，面孔，感情，猫，忧郁和忧愁，自然，意志，乡愁。"从朔太郎《吠月》（『月に吠える』）、《青猫》到《冰岛》的诗作轨迹中抽出其用语的话，大概就是以上这些词吧。虽然我也明白将这些朔太郎的用语与井上靖初期诗作进行对比，然后夸夸其谈地进行一番论述，多少有些粗暴。不过之前提到的用语中，"犬""意志""乡愁"等，确实在井上靖的初期诗作中频繁登场。其中，例如"犬"在上一章提到的《文学 abc》的诗《尾巴1》《尾巴2》中就是如此，出现频率很高。另外，关于"意志"

第三章 执念的轨迹

"乡愁"等,以诗歌《怀乡》为代表,表达了对故乡汤岛的回忆,以及想要明确地定义自己的生存方式的意志。尤其是"意志",在昭和五年前后频繁被用到,在昭和六年达到了高峰。《昂首前行》《不要呼唤春天》《极》《嗤笑》《晚秋赋》等诗作群表达了堪称猛烈的意志。不过,仅凭这些,仍然很难断定井上靖在这一时期受到了萩原朔太郎的强烈影响。

然而,遍览其后的井上靖文学,萩原朔太郎诗作中的"光和影""感情""忧郁和忧愁""自然""意志""乡愁"等用语,均以某种形式反映在井上的诗与小说中。井上靖本人在《致以文学为目标的人们》(「文学を志す人々へ」『群像』一九六二年十七卷三号、164 頁)中如此说道:

> 我从自九州大学转到京都帝大的时候起,就为萩原朔太郎的诗所倾倒。《乡土望景诗》《冰岛》等出版的时候,虽然不太清楚朔太郎的真面目,但还是被某种忧郁的北方式的激烈精神牢牢吸引住了。

借用井上靖本人的解释,他在《圣餐》① 时期才终于

---

① 井上靖在京都帝大时和朋友们创办的诗刊。

青年井上靖

从朔太郎的影响中解放出来。从作品风格方面的确可以看出，在这一时期，井上靖受到了《诗与诗论》的很大影响。而朔太郎流派的诗性精神，并非已对井上靖不重要，而是可以认为它已经在井上靖的精神层面得到升华，与井上的诗性精神融合在了一起。

在此可以举出井上靖与萩原朔太郎的另一个共通点，即两人的境遇。萩原朔太郎是群马县前桥市一名医生家的长子，最终却没有走上从医之路，也没能像众人所期待的那样一直读书深造，市井的人嘲笑他是萩原家的纨绔子弟。昭和四年七月与稻子夫人离婚，翌年七月父亲密藏去世，他继承家主，带着母亲、孩子和妹妹去往东京。真可谓是一段落魄的经历。

另一方面，井上靖也与朔太郎一样，他的父亲隼雄是伊豆汤岛第七代的医生（虽然是养子），于昭和六年三月作为军医以少将军衔退役，开始了领取补助金的生活。然而，长子井上靖在前一年考入九州帝国大学学习，却于当年十月退学，对家人佯称为了考入医学部而去了东京，实际却内心忧郁地生活着。

这样将二人进行对比后呈现出来的是，堪称生活无能者的不肖子的形象。当时是昭和六年，萩原朔太郎四十六岁，井上靖二十四岁。井上靖在这个人生中最为烦恼的时期，跟着福田正夫见到了萩原朔太郎，从此，他心中就出现了一枚指针。从大诗人萩原朔太郎身上,井上靖学习到了什么呢?他所说的"现在,充满了处在著名诗人身边的幸福感,就算遇到朔太郎也可能讲不出话来",无疑也是事实。

关于这一时期,晚年的井上靖将其定位为"广泛涉猎文学书籍,沉迷于网球而饱食终日的时期"。话虽如此,但正如前面所叙述的一样,井上在这一时期遇到了萩原朔太郎、辻润,通过《焰》的主编福田正夫扩展了人际关系,单从这一点来看,可以说那是极其有意义的一段时光。

5.《极》《嗤笑》

昭和六年六月之后发表的诗里面,有两篇发表于《焰》。《极》刊载在九月号,《嗤笑》(底稿为《不要呼唤春天》)刊载在十月号。

极

想坐在冰上。

想坐在渺渺无边寂静的冰面之上。

不生,也不死。

不祈祷,也不反叛。

只是,想在冰原的寂寥之中,

像冰柱一样,紧抱着自己坐着。

青年井上靖

笑吧，笑吧，笑吧，
这里有从人间堕落的罗汉。
母亲啊，熄灭母爱之炉离开吧。
朋友啊，抛弃友爱之烛离开吧。
——就让我一个人待在冰上吧。
像负伤的野兽一样，
我会从自己咆哮和嘶吼的尽头汲取温暖。
用血润湿唇，来舔舐自己的伤口。

（载《焰》 昭和六年九月号）

嗤笑

"再会吧"
只有这诀别的话语对我来说才是真实。

雨啊滂沱地下吧，
反叛是一根泥绳①。
风啊猛烈地吹吧，
爱是一枚枯叶。

---

① "泥绳"在日语中有临阵磨枪的意思。

第三章 执念的轨迹

爬上乔木树的最高处吧。

与没有眼睛和嘴巴的阴天悄悄地说话。

○

代表着地球，

夕颜惹人怜爱地向月亮散发着光辉。

月与花之间，

秋天像波浪一样冰冷地摇曳。

——我们，应该做什么呢？

进食。

除此以外的事情全都是假把式。

尽情地，笑吧，

今晚，我会给夕颜浇水。

（载《焰》昭和六年十月号）

《昂首前行》《不要呼唤春天》《极》《嗤笑》这四首诗是笔者目前能够确定发表于昭和六年的系列诗。还有一首与前面提到的四首风格相似，即发表于《焰》昭和七年一月号的《晚秋赋》，在此也一并引用。

晚秋赋

应落之梧桐，汝落便是。

青年井上靖

  应饥之飞鸟,汝饥便是。

  看啊,俨然冲破屏障从北而来,
  冬天正如狼一样奔来。
  落叶吧,饥饿吧。
  刮起暴雪,疯狂席卷那尸体吧。
  吹起寒风,尽情鞭挞那尸体吧。

  忍受是终极的反叛。
  断念是绝对的反叛。
  落叶吧,饥饿吧。
  然后,还应该,遵守自己的部署。
  然后,还应该,热爱自己的道路。
  去吧,冷然些,
  在成功之前,去主动曝尸吧。

       (载《焰》昭和七年一月号)

  如果按照顺序对这三首诗进行说明,《极》的前段是在极端地逃避现实。井上靖追求的世界是没有"生""死""祈祷""反叛"的世界。这一部分位于《在溟濛的暴风雪中》中"好的、坏的、狂暴的、残忍的——"的延长线上,因此被赋予了更加形象的词语。并且,他将自己定位为"从人间堕落的罗汉"。罗汉在小乘佛教中是指大彻大悟、功德圆满的修行者。而在此，罗汉反而被置于较普通人更低的位置，应当超脱人类苦恼，正如他自嘲般的总结"像负伤的野兽一样，/我会从自己咆哮和嘶吼的尽头汲取温暖。/用血润湿唇，来舔舐自己的伤口"。

《嗤笑》则从"'再会吧'/只有这诀别的话语对我来说才是真实"开始，就定下了悲观的基调。"雨啊滂沱地下吧，/反叛是一根泥绳。/风啊猛烈地吹吧。/爱是一枚枯叶"沿袭了一直以来的对偶手法。认定"只有这诀别的话语对我来说才是真实"，认定有遁世含义的"再会吧"才是真实，我"爬上乔木树的最高处"，寂寞地喃喃自语，"与没有眼睛和嘴巴的阴天悄悄地说话"。

在其他诗中看不到如此吐露孤独心情的语句。在无法继续向上攀登的树梢上，被风吹雨淋，被世人冷遇，怯懦的孤猿仰望阴天伫立着。

一根泥绳的反叛与一枚树叶的爱，正象征着前面提过的那无法抉择的未来（继承家学）和父母对长子井上靖的期待，而这期待此时仍像一片即将飘落的树叶。这一遁世的志向，并非意味着他想成为一般意义上的隐者，准确来说应该是指他在现实社会中的不适应，这种不适应正是其昭和六年作品的特征。

《极》展现出极端逃避现实的倾向。《嗤笑》则将

"再会吧"这一"诀别的话语"当作"对我来说是真实"的东西。"——我们,应该做什么呢?/进食。/除此以外的事情全都是假把式。/尽情地,笑吧,/今晚,我会给夕颜浇水。"他以如此极度自嘲式的直白表现,说明了活着这一最根本的事情,也总结了为了活着所需要做的妥协。

在诗《晚秋赋》中,"忍受是终极的反叛。/断念是绝对的反叛",以及"然后,还应该,遵守自己的部署。/然后,还应该,热爱自己的道路",同样都使用了对偶。"去吧,冷然些,/在成功之前,去主动曝尸吧。"他以将自己逼至极限的姿态结束了这首诗。

本节介绍了昭和六年《焰》上刊载的《昂首前行》《不要呼唤春天》,及之后的《极》(九月号)、《嗤笑》(十月号)、《晚秋赋》(昭和七年一月号)(除此以外的诗在年谱上也没有记载,笔者在调查后也未有新发现)。萩原朔太郎在《冰岛》的自序中写道:"作者曾经漂流在北海的某个地方,度过了孤寂的冰山生活。从这个冰山的各个岛屿,看着幻象一般的极光,作者一边憧憬、烦恼、愉悦、悲伤、对着自己发怒,一边随着空虚的潮流漂泊着。作者是'永远的漂泊者',没有栖居的家乡。作者的心里,时常出现极地凄清的阴天,仿佛要割裂灵魂的冰岛风怒号着。作者将这般凄惨的人生与现实的生活,都尽数写进了这些诗篇。"井上靖在《极》《嗤笑》《晚秋赋》三首诗中表现出来的情感,与萩原朔太郎提到的情感在很大程度上是相通的。井上靖将自己孤独的灵魂作为"存在"记录了下来,"应落之梧桐,汝落便是。/应饥之飞鸟,汝饥便是。//看啊,俨然冲破屏障从北而来,/冬天正如狼一样奔来。/落叶吧,饥饿吧。/刮起暴雪,疯狂席卷那尸体吧。/吹起寒风,尽情鞭挞那尸体吧",并且井上靖还尝试将其升华为"应该"(sollen)[①]。

像这样,将自我直接表现出来的作品风格以《晚秋赋》告终。与此同时,分行形式的诗,在此之后也完全销声匿迹。

纵观昭和六年的诗,向母亲诉愁的内容已不复存在。井上靖与社会和家庭都做了诀别,之前那种模仿朔太郎像负伤的野狼般自虐的心情已在不知不觉中转向了超然。前面《昂首前行》《不要呼唤春天》这两首诗可谓正颜厉色,暴力性虚无主义的色彩浓厚,这些都是自己向他人发号施令的内容,反复与对偶的手法被多次使用,文末使用表示意志命令的词语,还有很多与《冰岛》内容相同的对自己内心的呼喊。此外,作为内心收敛的结果,在井上

---

① 德国康德的道德哲学中一个重要概念,指道德法则的强制性。

的诗作中可以看到"一"或者"独自"这些词语。"给穷途末路的男人，只有一条，敞开的路"（《昂首前行》），"一盏灯也看不见的溟濛天色下的行人"（同上），"不要呼唤春天，一声也不要呼唤春天"（《不要呼唤春天》），"今晚，会安静地，独自盛开吧"（同上），"——就让我一个人待在冰上吧"（《极》），"反叛是一根泥绳"（《嗤笑》），"爱是一枚枯叶"（同上）——这种自我凝视的诗风，在这一时期特别显著。与一年前的《文学 abc》时期相比，井上变得更为直接地与自己对话。弘前时期虽然与左翼朋友有交往，但也保持着距离。从井上对于社会及时代潮流的立场来看，如果说弘前时期是井上靖旁观者视角的确立期，那么在东京的日子，则是逐渐形成强烈的自我凝视的时期。

其后从《晚秋赋》（载《焰》昭和七年一月号）到《渴》（载《焰》昭和七年七月号）的这六个月，对于井上靖来说，堪称他的诗作和生活方面一个巨大的转折点。如果从资料中深入探讨作为其前奏的昭和六年，可以充分地看出井上靖执念的轨迹。他的青春正如初期诗集的题目《不要呼唤春天》一样。此外，在诗风方面一定要注意的是，自此以后，井上靖写的所有诗都变为散文形式，其中再也没有直白的表现手法。换言之，井上带有抒情性的散文诗正是从这个时期开始形成的。

第四章　自立的探索

——昭和七年至昭和十年

1. 昭和七年的诗

昭和七年可以说是井上靖散文诗的确立期。井上靖在《焰》一月号上发表《晚秋赋》后，分行诗便销声匿迹。此后的约六个月，井上靖没有公开发表任何诗作，沉寂了一段时间，然后井上靖首篇散文诗《渴》在《焰》七月号登场。昭和七年的诗风，逐渐从自虐转为超然。前面已经将昭和七年年初刊登在《焰》一月号上的《晚秋赋》定位为昭和六年的诗，因此在此略过。

首先，关于当时井上靖的住所，《焰》中有如下记载。

六年七月号　搬到东京市外巢鸭町上驹込八三六

青年井上靖

  号的铃木家。

七年二月号　（同仁地址簿中的住所同前——福田注）

七年三月号　本应进入京都帝大文科哲学部学习，却应征前往静冈。

  这是井上第二次收到征兵召集令，关于此次征召，井上靖在其军队手账中写道："昭和七年二月二十四日下令动员〇五月二十八日召集补充人员，应征加入步兵三十四连队〇同月二十九日人员超过定额〇三月十六日征兵召集令解除。""五月二十八日召集补充人员"应为笔误，实际为二月。此次应征入伍让井上靖强烈体会到了时代与国家的存在感。井上靖首次接受征召是在昭和三年五月十六日，作为补充人员加入上述连队，但"因病即日回乡"，所以严格来说他并没有在军队生活过。此次第二次接受征召，虽然第二天人数就超过了定额，但直到退伍为止，有十八天是作为兵士在部队度过的。

  这一时期的时代背景是军国主义横行。昭和七年一月发生上海事变①，五月发生五一五事件，六月东京警察厅

---

① 即一·二八事变。

第四章　自立的探索

设置特高课①等，这些事件自然在有形无形中都压迫着人们的思想和言论。

如此时代背景，加上经历了在军队的短期生活，井上靖的内心自然发生了不同以往的改变。井上靖过去的诗采用分行诗的形式，经常使用重复和对偶，使用强调的语气表达自己的内心，因此在这种情况下，井上靖认识到过去的风格过于直截了当也是理所当然的。东京警察厅设置特高课后的第二个月，井上靖便开始使用散文诗的形式进行创作，其中一定蕴含了深意。

当然，我并不是单纯地说"特高课＝散文诗"之类，我们可以理解为，井上靖尝试探索将散文诗作为展现诗兴的最佳方法。因此也能理解这一探索需要六个月的时间。随着向散文诗的转变，诗的内容也改弦易辙。藤泽全对此提出了两点看法（《青年时代的井上靖研究》，第421页）。

> 井上靖并不仅仅从自己身边的事实经验中汲取写诗的灵感，也不仅仅拘泥于成长中的自我，而且会透视自己，用慧眼凝视形象深处的真相，向着创造自我并使其印象化的方向前进，以此获得了适合自己的散文诗形式。（中略）从《谜女》（「謎の女」）的创作

---

① 日本间谍组织，全称为特别高等警察课，建立于19世纪末20世纪初。

事实中也可以看出，井上靖开始涉及虚构故事的创作，这在其诗作中也得到了体现，即要在"抒情"中加入"故事"，那么必须在此前使用的自由诗的形式上下功夫。迫于这种需要，井上靖发现了像文章一般的诗歌形式的有效性。

藤泽全提到的"获得了适合自己的散文诗形式"和"必须在此前使用的自由诗的形式上下功夫，迫于这种需要，井上靖发现了像文章一般的诗歌形式的有效性"这两点看法值得思考。在这个时期，确实可以感受到井上靖的作品在向散文转变，例如分别于三月和四月发表的短篇散文小说《谜女》和《夜雹》。此外，井上靖向散文诗的转变还有另一个原因，即灵活应对时代潮流的变化，这也是井上文学的特征之一。不过在摸索自己作品风格的练习期间，对时代潮流会做出敏感的反应也是理所当然的。

只是，在此之后的一生中，井上靖都使用了散文诗的形式。直接的表达方法消失了，被称为井上散文诗的、以抒情风格为核心的作品开始萌芽，从这一点来看，昭和七年是非常重要的时期，接下来将进一步论述。

前文已论述过，最后的分行诗作品《晚秋赋》（载《焰》昭和七年一月号）和《渴》（同年七月）之间相隔的六个月是一个巨大的转折点。实际上，在《晚秋赋》与《渴》之间，井上靖还发表了上述的两篇散文小说。

据福田宏年所说，井上靖的散文小说处女作是昭和七年三月发表的《谜女》（载《新青年》），接下来是四月的《夜霭》。《谜女》的执笔期为昭和六年十二月，《夜霭》为驹达时期的作品。

两篇散文小说均以冬木荒之介的笔名发表。《谜女》描述了已为人妻的道子虽是一个猎奇的淫妇，但她的内心又隐藏着纯爱，使作品变得耐人寻味。同时，《夜霭》在名为"夜霭"的舞台上也设定了相似的特殊空间，以弑父为主题，讲述了了介父子命运般的悲剧邂逅。福田宏年对两篇作品发表了如下评价：

(《谜女》) 虽说是共同创作的作品，但登场人物中出现了新闻记者和美貌人妻这一点也勉强能够与后期的井上靖作品联系起来。不过，作品中离奇怪诞的情趣却与后来的井上靖作品相去甚远。

(《夜霭》) 作为十页纸左右的短篇小说，故事跌宕起伏、结构紧凑，但给人印象最深的是，这篇小说反映了井上靖在黑暗的放浪时代里颓废的精神状态。

青年井上靖

福田宏年指出了《谜女》和《夜霭》的一个侧面。但笔者还从这两篇作品中感受到井上靖明确的意图，即重视情节的态度。在"起初""随后""最后"等时间线中，读者必然会期待"接下来会发生什么"，这就是悬念。当然，故事情节原本就是作品不可分割的要素，但是井上靖有意地加强了情节设定。例如，《谜女》使用了能让读者预见结局的手法，而《夜霭》则是悲剧性的收场。《三原山晴天》的结局是主人公山野和梨子夫妇与社长的相遇让事情得到圆满解决，《初恋物语》的结局是高木东作对露露子说出"那双眼睛，是阿京的眼睛"，从而获得了美满的结局，这些都是作者有意识地注重结尾而设定的情节。

此外，井上靖在《红庄的恶魔们》（「紅荘の悪魔たち」）中使用了可以说是类似《猎枪》的手法，让过去的笔名冬木荒之介作为视点人物登场，使用书信和日记等结构，强化了重视情节的态度。井上靖在创作散文的初期阶段基本形成了在情节之上加入插画的手法。

引用他本人的话来说，井上靖在这一时期"根本没想过要当作家"，不过在京都的摄影所所长室，柄泽广之将他介绍为"立志成为剧本作家的京大学生××君"，由此也能窥见井上靖在黑暗的时代里追求自我可能性的一面。

在这一点的基础上，接下来将论述井上靖在京都帝大时期，也就是昭和七年的诗的特征。

第四章 自立的探索

2. 散文诗《渴》与京都帝大时期

昭和七年四月，青年井上靖进入京都帝大学习。这是井上靖逐渐弃医从文的时期。《焰》昭和七年五月号中提到井上靖"本来应征去静冈加入了军队，但征兵召集令又被解除了"（实际上是三月十六日解除的），后进入京都帝大文科哲学部学习，当时的临时住所是金泽市长町五番町五十五番地。七月号中提到"本月二十日开始放暑假，回到静冈县田方郡上狩野村汤岛的老家"，由此可见，虽然井上靖两次应征入伍，但两次都很快退伍，所以井上靖在这段时期的内心是比较安定的。

直到前一年为止，井上靖的诗描写的都是自我凝视的内容，属于使用文言命令型或以体言①结尾等干净利落的风格，而在这一时期井上靖一改诗风，在形式上从分行诗转向了散文诗。这是讨论井上诗人生涯时不可忽视的重要时期。

七月，井上靖发表了第一篇散文诗《渴》。这类形式的范本，可以参考安西冬卫的《军舰茉莉》（昭和四年四月，东京厚生阁）与三好达治的《测量船》（昭和五年）。

---

① 日语中在语法上没有词尾变化的词语。

青年井上靖

两首诗都采用散文形式,都是在井上靖转向散文诗的昭和七年七月之前发表的。井上靖在《我的一期一会》(『わが一期一会』)中讲述了自己从其他诗人身上受到的影响。

148
鞑靼海峡

已故诗人安西冬卫有一首只有一行的诗叫作《春》:

有一只蝴蝶飞越了鞑靼海峡

(中略)

这首诗收录在昭和四年出版的诗集《军舰茉莉》中,我读到的时候是昭和六七年。正好这时候我也开始模仿着写诗,所以从这首诗中获得了非常新鲜的灵感。原来,这行诗写的就是春天,而不是春天以外的任何事物。拂去灰尘、不含一丝杂物的春天,如同标本一般被固定住。我认为这首诗是新诗的范本。(中略)在同一时期,三好达治的《乡愁》和安西冬卫的《春》同样教会了我什么是新诗。(中略)这首诗收录在昭和五年末出版的诗集《测量船》中。诗中最能打动我的是最后的部分:"海啊,你在我们使用的文字中,包含着母亲。母亲啊,你在法兰西人的语言中,包含着海。"确实,日语中的"海"字里面有

第四章 自立的探索

一个"母",而法语中的母亲(mere)中包含着海(mer)。

(第104页)

井上靖与安西冬卫和三好达治的交集,具体来说就是,与《军舰茉莉》和《测量船》的邂逅,给井上靖的诗风带来了不小的影响。井上自己在《我的一期一会》中如此说道:

在我刚开始准备写诗的时期,能接触到安西冬卫和三好达治这两位诗人的作品,真是最好的事情。这两位优秀诗人的两部作品,可以说让我接受了近代诗的洗礼。

(第105页)

"有一只蝴蝶飞越了鞑靼海峡"中的"鞑靼"给井上靖带来的影响比想象中的更强烈。前文已叙述过安西冬卫的《春》给井上靖带来的影响,接下来将试着论述井上靖是如何消化"鞑靼"这个词的。

安西冬卫的诗中用到了"鞑靼",于是我联想到《章侯爵夫人的Scandale》中有一只鞑靼地区产的名为罗塞那的纯白色牲畜。这部以野兽为主题的弥漫着不祥气息的作

青年井上靖

品，与《军舰茉莉》有着异曲同工之妙。两部作品都以黑暗与白兽为象征，在对比中形成了幻想的、耽美的世界。

鞑靼是八世纪到十三世纪初生活在蒙古高原上的北方游牧民族部落，通过压制曾经战胜回鹘的黠戛斯，获得了蒙古高原上的统治权。[①] 井上靖接触到这些诗的昭和六、七年，正好是中国东北地区爆发九一八事变（昭和六年九月）和伪满洲国成立（昭和七年三月）的时期。在政府的宣传和舆论控制下，当时的许多日本国民都相信新诞生的伪满洲国是一片新天地。那么井上靖是怎么想的呢？从昭和六年的诗《嗤笑》能看出，当时井上靖的心境是厌世的、超然的。在日本国民异常兴奋浮躁的时候，井上靖却是悲观的。这是因为井上在靖昭和七年发表了《谜女》和《夜霭》，同时经历了短期的应征入伍，随后进入京都帝大学习，在这一过程中接触到了"鞑靼"这一异域视角并且出现了转变诗风的前兆。在《安西冬卫全集》（宝文馆出版，第 426 页）中，有题为《井上靖的姿态》（『井上の姿勢』）的一篇文章。

---

① "鞑靼"在早期历史中所指各有不同，至明代时是明朝对成吉思汗嫡系北元政权以及其统治下蒙古高原东部草原部落的统称。

第四章　自立的探索

初次见到井上靖的名字，是在昭和十七年十二月二日。我在当天的日记中写道："今天参加（大阪）北滨每日新闻文化部的招待宴。与小野十三郎、竹中郁、伊藤静雄等人同席。宴会结束后，在二楼永濑义郎的工作室与井上靖等人闲聊。"因此，靖先生与我们相识确实是在战争初期。当时他是负责学艺的记者，上述的聚会据说也是由他组织的，在那个时候，我们作品的市场价值还很低，而他发掘了我们的作品并向大众媒体介绍，是我们应该铭记的现代诗的庇护者。后来他亲切地告诉我，他把我在金泽四高时期出版的第一本诗集《军舰茉莉》揣在怀里，常常在里日本[①]冬天的海边逍遥，对我来说，他是我多年来的知己。

美佐保夫人（寄给笔者）的书信中写道：

通过冬卫，我把竹中郁和小野十三郎介绍给了靖先生，靖先生十分珍惜三人之间的友谊。靖先生也把自己想从记者转行成为作家的想法主动告诉冬卫并与他商量。靖先生当时对冬卫说"我有一件事，想坐

---

① 日本本州岛面向日本海的地区。

下来好好与你谈谈"，于是两人便在冷清的旅馆房间里谈了起来。

这两段讲的都是井上靖在昭和十年以后成为报社记者时期的事情，但从中可以看出昭和六、七年的井上靖与安西冬卫的邂逅是必然的。

此外，美佐保夫人还在书信中写到，井上靖在高中时期就是安西冬卫的粉丝，《军舰茉莉》和德语词典片刻也不离身。清冈卓行在随笔中也提到"井上靖的身上有安西冬卫的影子"。根据安西冬卫所写的"他把我在金泽四高时期出版的第一本诗集《军舰茉莉》揣在怀里，常常在里日本冬天的海边逍遥"以及井上靖自己写的"在高中时期，《军舰茉莉》和德语词典片刻也不离身"，可以认为在井上靖写诗的初期阶段，尤其是向散文诗的转变过程中，《军舰茉莉》产生了很大的影响。用这样的视角来看转型过程中的两首代表作《手相》和《瘤疾》，便能看出井上靖在新诗风上的摸索。

井上靖过去的作品风格是诚实、直接的表达。下面引用的《渴》这首诗仍然是以吐露自己的心情为主题，但与此前不同的是，它使用了散文诗的形式，用词更加形象，对于女性形象的处理也发生了改变。尤其是在女性方面，井上靖过去都将女性放在与自己相反的位置上，将她

第四章　自立的探索

们看作值得怜爱的人（如果对象是母亲，当然可以理解这种关系），向她们表白。而在《渴》中，井上靖将过去表白过程中零散出现的母亲和妹妹与自身融为一体，探索新的作品风格。

渴

过去的某个夜晚。水滴在夜色中湿润了母亲美丽的唇。随后是妹妹的唇。我的膝上放着青瓷色水壶，我张大嘴巴，让干涸的喉咙暴露在北风中。

过去的某个夜晚。水壶里一滴水也没有了。在母亲与妹妹的喘息中，我拼命晃动着水壶。还在期待枯竭的水壶会出现什么奇迹呢？然而，我依然相信着。而且，我必须相信。

今夜，母亲、妹妹与我，沉默地围坐在一个水壶边。我们的嘴巴都大张着，让干涸的喉咙暴露在北风中。我已经不再摇晃水壶了。不知何时，母亲的喘息声开始与我的喘息声一唱一和。不知何时，妹妹的喘息声也与我们的融为一体。三个人的喘息奏出同样的韵律，化为一体。在远方黎明的天空中，与清澈的泉水连成一片。（母亲啊，妹妹啊，我啊）我已不再相信一个水壶的奇迹。我相信没有一滴水的，冷泉。

（一九三二年六月十五）

青年井上靖

对于诗中水壶所代表的形象,不同的理解方式会改变诗给人的印象。

基本上来说,"水壶"代表的是作为医生世家、经济方面和社会方面都比较充实的井上家族。同时,"水壶"还包含着家人对于作为继承人的长子的期待,以及井上靖自身对于将来能够延续家业的希望。

第一连中"过去的某个夜晚",是指井上靖从前作为父亲的继承人,甚至走上符合医生世家的道路,还抱有成为医生的希望的时期。具体来说,第一连基本上以进入四高理科学习,背负着家人的期待和苦心延续家业的母亲(其父是入赘女婿)的希望等这一时期发生的事情构成。"水滴在夜色中湿润了母亲美丽的唇"则反映了"水滴"所代表的经济方面和社会方面的满足感,以及母亲对儿子的期待。但"我"自己明白,母亲的希望不会实现。这可以说是对本书第一章内容的总结。

第二连中描述的是以本书第二章论述的弘前时期为中心,围绕母亲与"我"就"我"的前途产生的纠葛,以及不得不相信奇迹发生的"我"的苦恼。

第三连描述了井上靖的父亲退伍后的现在,井上家族的期待都落在了长子靖的身上。而"我已经不再摇晃水壶了"或许表达的是井上靖拒绝家人对他的期待,拒绝走上学医道路的决心吧。与此相对,可以看作对长子的期

第四章　自立的探索

待的"母亲的喘息",以及双方完全相反的要求,在苦恼这一点上达成了一致,"与我的喘息声一唱一和"。而且,井上家如果要作为医生世家存续下去,那么就必须考虑让妹妹像母亲一样招一个上门女婿,因此"妹妹的喘息"也"与我们的融为一体",表达出一家人的苦恼。于是,"三个人的喘息"在井上家这一"水壶"前面"奏出同样的韵律,化为一体"。

终于,这些现实情况出现了转变,作者通过设定一个新的时空视角,即"远方黎明的天空",使作品转向明朗的氛围。随后的"(母亲啊,妹妹啊,我啊)我已不再相信一个水壶的奇迹"与"我已经不再摇晃水壶了"相比,更加明确地强调了自己的决心。对"水壶"的拒绝与诀别使得"我相信没有一滴水的,冷泉"这一结尾更加让人觉得惊艳。

"没有一滴水的,冷泉"到底指的是什么呢?从年谱的角度来看,在这首诗之前发表的是两篇散文小说《谜女》和《夜霭》。根据之前引用过的福田宏年的说法,《谜女》执笔于昭和六年十二月,《夜霭》是在驹込时期创作的。假设《渴》末尾的"一九三二年六月十五日"无误,那么从上述的散文小说到这篇诗作中有六个月的间隔,在这期间,《谜女》和《夜霭》都获得了奖项。于是,井上靖从中发现了自己新的可能性,不再局限于

145

"水壶"这个规定的模型。由此,无限的可能性可以说是"冷泉"代表的意义之一。

昭和八年,井上靖将笔名冬木荒之介改为泽木信乃,开始创作《三原山晴天》《享乐列车》《初恋物语》等大众小说。从这样的过程来看,《谜女》和《夜霭》的获奖让井上靖看到了一汪泉水。《渴》的最后一行说"我"相信冷泉比喻他相信自己还有别的可能性。虽然井上靖作为长子,必须握着给母亲和妹妹解渴的"水壶",但现实中只有"没有一滴水的,冷泉"。这反映出井上靖作为长子的责任感和被逼迫时发出的呐喊。此外,"没有一滴水的,冷泉"在《猎枪》的"白色河床"部分也得到了升华。

3.《渴》之后的女性形象

昭和七年,《焰》十一月号的消息栏中写着关于井上靖的消息:"住在京都市左京区北白川伊织町三一号的芦谷家。今后每日书写的话便会精力充沛。"该期杂志上刊登了《霭》。实际上,这是四个月以来他唯一发表的诗作,并且直到来年《焰》一月号发表的《饿死》和《路上》(「途上」),这段时间算是一个空白期。

第四章　自立的探索

霭

"好美。这一切。"——少女无力地伸出消瘦的手。随后没有再睁开眼睛。母亲沉默地用手帕抹着双眼。我静静地看着窗外黎明时分的街道。女护士纯白的衣服。纯白的时间。

深夜，我走下医院回旋的长长的楼梯。先是脚步声，随后是阴影，最后是我。街道被雾霭笼罩，七零八落。

临终时，赞美少女的家伙！

在短暂的不完整的人生终点，依然要求感谢的家伙！

拂晓时分，我站在某个天桥上。桥下延伸着两条冰冷的铁路。如人生一般。

尽头的绿色信号灯在雾霭中隐约亮着。如少女捧着的花一般。

《渴》之后刻画的妹妹的形象，与《军舰茉莉》和《测量船》中的妹妹形象有着很多重合的地方。在《渴》中与"我"一同喘息的妹妹身上，可以看到《夜雾》（昭和十年十二月）中"向路上扔出一本读本后便升天了"

的妹妹的影子。这与《物集茉莉》（载《军舰茉莉》）中戴着黑丝带的少女形象重合，同时与《测量船》中自称"仆"①的少女也是互通的。《渴》之后创作的《霭》中的妹妹，这个即将走向死亡的少女，也属于这一范畴。在分行诗的时代，井上靖倾向于站在比女性更优越的立场上对女性发出指示或是站在女性的对立面；《渴》之后，可以看到井上靖将女性看作命运共同体或命运的使者。《霭》中所写的"短暂的不完整的人生""临终""终点""美"等描述，将死亡与美融合，确立了无法直接表达的永久性。

在《渴》之前，井上靖诗篇中女性形象的特征可以说是由街上的少女逐渐提升到妹妹或者母亲的高度。第二章中论述了以弘前时期为中心的与母亲的精神断奶期，而在本节所论述的时期里，井上靖至此为止单独存在的女性观几乎形成了一个有机的整体。井上靖后来作为作家登场后，经常有人讨论井上靖小说中的女性形象。例如福田宏年《井上靖的世界》（『井上靖の世界』）中的第二章"母性思慕"、村上嘉隆《井上靖的存在空间》（『井上靖の存在空間』）中的第一章"先天有"、三枝康高的《井上靖的空想与孤独》（『井上靖ロマネスクと孤独』）等，

---

① 日语中男性的自称。

第四章　自立的探索

不断出现有关女性形象的讨论。此外，长谷川泉编的《井上靖研究》中也有很多研究者讨论女性形象，以此为作品论、作家论提供一点帮助。不过，这些讨论关注的都是已经完成的女性形象，或者是在与祖母等人共同生活的过程中培养出来的形象，还没有人以适时性的视角探讨过作为小说火种的诗作中的女性形象是在何时形成的。在有关诗作变迁的先行研究中，宫崎健三着眼于这一时期的变化写道：

> 昭和七年，井上靖进入京都帝大学习，在"稳步地继续作诗"（年谱）期间，他与《测量船》的相遇是必然的。在我的想象中，井上靖放弃昭和四年以来一直使用的分行诗而转向散文诗的形式，也是因为从《测量船》中得到了启示。井上首次以散文诗的形式发表的作品是在《焰》昭和七年七月号的开头刊登的《渴》。
>
> 这年，井上在进入京都帝大的同时，也开始向散文诗转变。我认为从这一年开始，井上的诗迎来了第二阶段。第一个作品便是《渴》。

接下去他便引用了《渴》。不过，仅仅是引用，具体判断则交给读者。我赞成宫崎健三将《渴》作为井上靖

青年井上靖

散文诗的出发点的观点。但是，为什么《渴》没有被收录到《北国》中呢？

受到安西冬卫和三好达治的启发，井上靖的作品风格逐渐转变。对于在昭和八年三月刊登在《焰》上的《裸梢圈》[①] 以前发表的作品，井上靖表示"有时甚至会怀疑这到底是不是我写的诗"，由此不予承认。"自己的诗"指的是什么呢？关于这一点，我想以《渴》为中心，讨论一下在这前后的诗中出现的女性形象。井上靖诗中的女性形象可以分为三大类：其一为母亲，其二为妹妹，其三为社会上、精神上或肉体上都背负着不幸的年轻女性。加上昭和七年的两篇，共有十一篇描写女性形象的作品，占昭和七年之前的诗作的百分之十八。这三种类型的女性形象绝不是孤立的，三者相互关联，构成了一个整体的女性形象。从具体的作品来看，《卖淫妇》、《日记》、《惊异》、《红花》（「赤い花」）、《一个起点》（「一つの出発」）、《暴风雪之夜》、《出航》和《某夜》（「或る夜」）这八篇作品，都以对作为社会弱者的女性们的怜悯为基调。不少作品都通过与自己的立场相对比，描述了遭遇悲

[①] 该诗最早发表于昭和八年的《焰》，当时的题目为《裸梢圈》；后来被收入诗集《北国》时，改题为《裸梢园》。后文统称《裸梢圈》。

第四章　自立的探索

惨境遇的女性们。与此相对,《渴》之后的女性形象的特征，是以母亲为中心来创作的。这种情况下，井上靖的作品以母亲和妹妹为中心，将这种血缘意识作为描绘的基础，而此前作为社会弱者的女性形象则没了踪影。为什么井上靖在这个时期的家庭意识变强了呢？开头已经说明，这是因为井上靖的父亲在昭和六年三月二十七日退役。父亲在名义上已经隐居，作为长子的靖在形式上开始背负起井上家的责任，这会对井上靖产生一定的影响。

到了昭和八年至结婚之前的这个时期，井上靖的作品风格也稳定了下来。

裸梢圈

树梢连着树梢，如刀刃一般互相咬紧，遍布无底的山谷。这时总是，寒冷的黎明。这里，散落着乌鸦的白骨，时不时地，冰雨稀稀落落地淋过。侧耳倾听，纷乱的脚步声总是远去。遍体鳞伤的二月的队伍，无意中被丢下。

○

折枝多么美丽！

折断的树枝就这样，

被冰雨淋湿，在冰雨中上下翻飞。

青年井上靖

161 　　《裸梢圈》首次发表于《焰》（昭和八年三月号）上时，日期写的是"一九三三年二月十九日"。此外，《圣餐》创刊号收录该作品时的副标题为"关于某种精神的荒芜"。我本人对这首诗很感兴趣。若仅仅将其总结成受到了现代主义的影响会有些片面。很明显这首诗确实受到了现代主义的影响，但是，除此之外也许还有别的原因。如果我们放眼时代背景，这样的假设就说得通了。

　　一九三三年二月二十日，小林多喜二接受特高课的拷问，最终被杀害。副标题中的"某种精神"指的便是日本革命运动的思想吧。日期往前写了一天，因为如果写成二十日之后的话，就会被特高课发现这明显是写给多喜二的吊唁诗。为此，在日期上做起手脚来还算容易一些。井上靖在给宫崎健三的书信中也提到"我从来没有把诗看作社会斗争的一部分"，以这样的意识来看，完全可以理解井上靖的做法。此外，井上靖在后期写了大量吊唁诗，可以反映出井上靖对于诗歌所具有的安魂作用的重视。工藤茂在《挽歌的源流》中重视这类考察视角，并指出爱别离苦是井上文学的主题。

　　总之，《裸梢圈》和《无题（母亲啊）》（将在后文详述）几乎是同一时期创作的，但由于两者的创作意图不同，对待两个作品的方式也不同。如果《裸梢圈》确实是给多喜二的安魂诗，那么《无题（母亲啊）》则是从

第四章 自立的探索

一个旁观者的角度出发，压抑自己灵魂的呐喊。除此之外，可以说《裸梢圈》与《无题（母亲啊）》的共同点在于它们都是走向毁灭美学的开端。

通过以下两首具有明显特征的诗，便能更加清晰地理解这一点。

手相

在冰雨中迎接黎明在冰雨中走向夜幕的街道。
在北风中呼啸的裸木。
流离失所的鱼群的瞳孔。

我爱这在我面前的路标。
我爱这路标上刻着的荒凉的远景。
曾经在那里如流木①般漂泊的父亲。
正因如此，我才更爱那落魄的缥缈。
——铭啊，许愿后就是真实。
对于一个盲人来说，除了度过与父亲同样的人生，还会出现什么道路呢？

不久后我也，如父亲一样相信奇迹。然后在冰雨

---
① 在河川上漂流而下的木材。

青年井上靖

中培育白色的花。

不久后我也，如父亲一样在眼中充满冷酷的骄傲。然后向寒空伸出冻僵的手。

不久后我也，如父亲一样静静地微笑。然后在寒潮的深处漂泊。

一九三三年一月十八日

（载《日本诗坛》昭和八年四月号）

痼疾

我卷起手术服的袖子，拿起冰冷的手术刀静静地站起来。冰雨后的二月的黎明，在这黎明的书房。手术台上的是我。全身包裹着白布，我横躺着。污秽的胸壁与慢性的疼痛，以及在那深处绽放的鲜红的、海星形状的伤口——永远的、诅咒一生的痼疾。我撕下覆盖着腐烂的整个患部的薄膜。然后，将其固定在壁画《卢塞恩的冬景》之上。我继续切除大量腐蚀的肉块。然后，将它们一个接一个摆在书架上。我拭去污浊沉淀的残渣。然后，将它们放在桌上的鲜花花瓣上。被清洗的伤口。在剧烈又清醒的疼痛之下我逐渐被净化。我逐渐从书房中坠落。

黄昏时分，寒风中的冰雨不再下了。背负着被诅咒的荣光,我站在全新的风景中。海星形状的伤口被风吹得生疼,滴下的血渗透进冻土面。贫血的预感——

与作为外科医生的我有什么关系呢?

我望着冰冷的手术刀。相信如手术刀般的月亮会升起。然后逆风向北——

(载《日本诗坛》昭和八年五月号,

底本为《不要呼唤春天》)

两个作品都于昭和八年发表在《日本诗坛》上,但作品风格与过去的截然不同。我将根据目前分析的井上靖的内心情感,尝试解释这两篇使用了超现实手法的作品。必须要先说明的一点是,这两首诗与井上靖过去的作品相比更加形象,因此我在解读时尝试从当时的现实状况中"萃取"出井上靖想要吐露的真心。

《手相》这首诗使用了片假名,这在井上靖的创作生涯中都是很少见的,因此非常引人注目。内容是父亲与自身的对比。以往的手法总让人想到与母亲的争执和诀别,与此相对,《手相》则是一次新的尝试。有关父亲的描述,诗《正午在汤池里冥默的老人》(载《焰》昭和四年六月号)中有"想起我/想起了我的父亲",诗《蛾》(载《日本海诗人》昭和四年八月号)中写到"我了解年迈的父亲",这两者都不像《手相》一样将父亲与自己做对比。《手相》则表达了自己的苦恼,希望自己最终能与父亲同一化,读者从中能够感受到其深度。第一连中,"在冰雨中迎接黎明在冰雨中走向夜幕下的街道。/在北风中呼啸的裸木"叙述了严峻的社会形势和自己所处的状况。"鱼群的瞳孔"象征着视角接近一百八十度的鱼眼镜头,作者正是以这种视角环视四周时发现自己"流离失所"的状况。

第二连中,作者宣告他"爱"这预示自己命运的"路标"。

"我爱……荒凉的远景"等诗句能够让人联想到荻原朔太郎的作品。此外,根据藤泽全的《青年时代的井上靖研究》(第152页),可以看到诗中"曾经在那里如流木般漂泊的父亲"隼雄一生的漂泊轨迹:井上靖的父亲在成为军医之前,徘徊于伊豆各地、冈山、金泽;成为军医后,相继辗转于富山、金泽、辛碇泊场(中国)、和田岬、旭川、平壤(朝鲜)、札幌、静冈、东京、丰桥、罗南村(韩国)、浜松、辽阳(中国)、台北(中国)、金泽、弘前、金泽、汤岛。这样的轨迹正如诗中所说,是"曾经在那里如流木般漂泊的父亲"。"正因如此,我才更爱那落魄的缥缈",这句诗让人想起朔太郎的表达方式。在这里值得注意的是"落魄"这个词语。因为在

第四章　自立的探索

大约两年后，井上靖发表了题为《落魄》的诗作。这首诗在第二章中已经引用过，是井上靖诗中很少见的两行诗，可以看出他从三好和安西的作品中受到了非常强烈的影响。

　　落魄
在尾巴上竖着旗回到了故乡。
故乡在白色的沙尘中步入了黄昏。

井上靖在弘前时期后期的作品风格，是前文提到的几位诗人风格的融合。《落魄》可以说是井上靖初期诗作的一个节点，与《手相》也有着密切的关系。"爱那落魄的缥缈"直接吐露了井上靖在这一时期的灵魂归宿，接下来的"——铭啊，许愿后就是真实"，用切身的表达更加坦白了那种心情。最后，由一句可以说是看破红尘的"对于一个盲人来说，除了度过与父亲同样的人生，还会出现什么道路呢？"结束这一连。

第三连中重复使用了三次"不久后我也，如父亲一样……。然后……"的句式，表达出了强烈的意志。

在解释这一部分时，必须参考井上靖父亲隼雄成为医生的路程。根据藤泽全书中（同上书，第144页）记载，明治三十年十月四日的内容提到四高修改了"学校规章"。这次修改指的是，拥有正规考试资格的人填报志愿后，如果未达学校规定人数，也会给予正规普通高中的学生考试机会，"不久后我也，如父亲一样相信奇迹。然后在冰雨中培育白色的花"这句诗指的便是在足立文太郎的指导下，隼雄出色地利用了近乎奇迹的机会。这些机会都是足立文太郎带来的。详细情况在上述的书中有所介绍，藤泽全所说的文太郎的照顾不仅涉及学费（每年二十五日元）和生活费，还涉及其他方方面面，同时还有非常明显的人脉（足立文太郎的人脉）方面的恩惠……在这之后，父亲还遇到了敕令修改等好时机，顺利成为井上家第六代医生。

像这样，将父亲成为医生的经历与没能成为第七代医生的自己所处的状况进行对比，必然会发出重复三次的感叹。我们再来看一看这三句诗。

> 不久后我也，如父亲一样相信奇迹。然后在冰雨中培育白色的花。
> 不久后我也，如父亲一样在眼中充满冷酷的骄傲。然后向寒空伸出冻僵的手。
> 不久后我也，如父亲一样静静地微笑。然后在寒潮的深处漂泊。

第四章 自立的探索

如果《手相》确定了父亲的坐标，那么《痼疾》则是对自己的解剖。同时，这两篇作品都发表在《日本诗坛》上，而过去井上靖的诗一直刊登在《焰》上，这一点也值得注意。

诗中描述了对于无法成为医生的自我的解剖，尤其是诗名"痼疾"，指的是"长久治不好的病、老毛病"。那么这个老毛病是什么呢？倒推来看，在井上靖自身成长的过程中阻碍其成为医生的，一个是柔道，另一个是文学。

这两者是井上靖授予自己青春期的巨大勋章。"永远的、诅咒一生的痼疾"指的是"污秽的胸壁""深处"的"海星形状的伤口"。

"海星形状的伤口"是什么呢？若是柔道，那么伤口就是柔道服上缝着的四高校徽吧。四高时期充满汗水、泪水和苦恼的日子成为井上靖的遗恨，在脑海中再现。藤泽全调查了井上靖在四高理科甲类班的成绩，一年级时第八十六名（共一百一十名），二年级时第七十五名（共一百五十名），三年级时第九十七名（共一百三十名）。如果只看理科科目的成绩：数学为五十四分（一年级）、六十三分（二年级），微积分为五十七分（三年级）；物理成绩为五十五分（二年级）、四十八分（三年级）；化学成绩为四十七分（二年级）、五十分（三年级）；生物成绩中，植物为五十四分（一年级）、动物为六十七分（二年

青年井上靖

级)、动植物为五十六分（三年级）。他的成绩并不理想。理科都需要从基础开始积累，光靠一朝一夕是无法弥补的。

再来看一下井上靖的文学成绩。国语汉文八十二分（一年级），国语作文八十二分（二年级），与理科的科目相比得分很高。这样的成绩必然会让井上靖对文学更感兴趣。因此，他选择了与医生截然不同的道路，进入京都帝大学习。为了自己的新生，井上靖再一次反省自己，试着解剖自己。

"背负着被诅咒的荣光，我站在全新的风景中。海星形状的伤口被风吹得生疼，滴下的血渗透进冻土面。贫血的预感——"，诗中写到了另一个视点人物，"与作为外科医生的我有什么关系呢？"井上靖努力地抛弃自己。然后，"我望着冰冷的手术刀。相信如手术刀般的月亮会升起。然后逆风向北——"，这句诗是指外科医生将手术刀换成笔，结束对自己的解剖，预示着井上靖的新生。

如《手相》和《疟疾》所象征的那样，井上靖诗歌向散文诗的过渡，表现了明确的蜕变的意志。

前文中藤泽全提到"获得了适合自己的散文诗形式"和"必须在此前使用的自由诗的形式上下功夫。迫于这种需要，井上靖发现了像文章一般的诗歌形式的有效性"，但在这里应该注意的是以现代主义为中心的井上靖的诗集。笔者能从井上靖身上感受到如野狗般灵敏的捕捉时代潮流的嗅觉，以及作为井上家的长子顾及家族颜面的安心感。此外，作为封印过去苦恼的轨迹的象征，井上靖在族谱上确定了自己的定位。

这两首诗与一年前在《渴》中表达的"今夜，母亲、妹妹与我，沉默地围坐在一个水壶边。我们的嘴巴都大张着，让干涸的喉咙暴露在北风中"以及"（母亲啊，妹妹啊，我啊）我已不再相信一个水壶的奇迹。我相信没有一滴水的，冷泉"体现了完全不同的主题。

在这段时间，井上靖不知为何搬家了，也许接下来要叙述的事件对此也有一定影响。《焰》昭和八年五月号的同仁消息中写有"迁居京都市上京区相国寺东门前町北诘的北岛家"。从《手相》和《瘤疾》中可以看到井上靖诗作内容的变化：他开始描写自己与父亲的对比，记录对自己的剖析；并且，不同于以往描写与母亲的争执，他开始转向书写新的女性形象。

昭和八年五月号的《焰》上刊登了这样一首名为《无题》的诗。

> 母亲啊。您低头编织衣物的侧脸太过年轻美丽，我不由得将您错当成腿脚不便的少女。然后说只有不幸在这世上才是美丽的，在您隐秘的梦里留下骇人的龟裂。
>
> 腿脚不便的少女啊。你聆听落叶的瞳孔太过清冷安静，我不由得将你错当成母亲。然后说幸福就是这样短暂的时刻，玷污了你清澈的念头。
>
> 一九三三年四月十八日

这是从以前开始就在青年井上靖面前若隐若现的女性如今清晰地出现的证据。"腿脚不便的少女"的原型应该是足立文。井上靖在昭和八年向她求婚，两年后如愿以偿地与她步入婚姻殿堂。文夫人回忆起当时的情景时对笔者说道：

> 他本来是我的亲戚，来京都后就好像住在我家里一样。寄宿的地方有母亲帮忙照料，就安顿在我家附近。这样一来，即使靖待在我家里，也好像是兄弟一样生活。靖向我求婚的时候，我没有立刻做决定（文夫人身体很弱，也从女子学校中途退学了——笔者注），两个人去大学做了体检（文夫人

第四章　自立的探索

的父亲足立文太郎是京都帝大医学部教授——笔者注），结果我没有异常，但靖的胸部有阴影，因此结婚也延后了。

昭和八年十月号的《焰》上记载："目前回静冈县伊豆汤岛探亲，另外京都的住所将变更。"井上靖回乡也许就是为了向父母说明这件事。

此后的两年里，根据笔者目前的调查，井上靖没有发表作品。据文夫人回忆，她的妹妹足立千代在昭和九年结婚，在那之前曾与妹妹、妹妹的未婚夫以及井上靖一起前往寂光院和岚山游玩过两三次。由此看出，井上靖虽然身为学生，但是已经扎实地打好人生的基础。

同时，从这一年到结婚期间，井上靖也开始摸索经济独立的可能性。在这种经济独立的背景下，有可能因"家里中断给他的生活补贴"而陷入困境。笔者在和井上靖堂兄弟井上正则的闲谈中听闻，"井上家的人如果能自己生活的话，家里就不再汇款了"。虽然无法确定具体时期，但从常识上考虑，应该是这个时期：井上靖当时还是学生，但已经二十六岁；虽然井上家是医生世家，但父亲已经退伍，全家靠退休金生活；更何况如果井上靖想结婚，那么不管从井上家还是社会的视角来看，经济独立也是一般常识。可以想象井上靖必须养活妻子的心情。年谱等资料上将他本人挣奖金的动机归结于想要玩乐。这虽然也是动机的一部分,但一般来说,这样的事情可能不太想让人知道。不过,井上靖入选了多个奖项,作为结婚的条件之一,井上靖向经济独立更进了一步。以上作为推迟两年结婚的背景,是具有充分可能性的。为了证明这一点,井上靖自己在《致有志于文学的人们》(「文学を志す人々へ」『群像』一九六二年十七卷三号、165頁)中写道,他是"为了奖金而投稿","当时已经成家,因此将其用作生活费"。尤其是获得了千叶奖后,"这份高额的奖金,解决了我一年半左右的温饱问题"。

  结婚推迟的原因,就像文夫人对我说的那样,是井上靖胸部有阴影以及经济尚未独立,他还是个未成熟的成年人。从足立家的角度来看,不管是多么亲的亲戚还是京大学生,都不会轻易把可爱的女儿嫁出去。而从井上家的角度,尤其是从井上靖的母亲八重的心情来看,还有另一个导致结婚推迟的原因。虽然在弘前时期的诗中就已经提到过,但在前途问题上与母亲的争执不会这么轻易地解决。八重在《雪虫》中作为性情好胜的母亲形象登场,同时作为井上家的长女,也是军人的妻子(虽然当时依靠丈夫的退休金生活,但仍然是少将家的夫人),更身为农村军人妇女部部长,她不可能轻易地同意

第四章　自立的探索

不成器的儿子结婚。井上靖当时还是学生，也没有什么当兵的经历。考虑到这些问题，作为母亲来说，还是会怕世人说长道短吧。

于是，井上靖与母亲发生了第二次争执，因此也可以理解井上靖的作品风格与诗歌用语在这两年中的转变。这是新的苦恼的开始。

在《渴》前后的时期，井上靖的生活和诗风都出现了变化，前文已经叙述过，后来井上靖自己对于这个时期也发表了如下评论。

昭和五十四年发行的《井上靖全诗集》的后记中，井上靖对自己此前的诗歌历程进行了总结，随后写道："除此之外，我在早期还创作了六十余篇作品，但由于那时作诗手法尚未成形，现在重新读一遍的话，有时甚至会怀疑这到底是不是我写的诗。虽然的确是我写的东西，但严格来说是我作为诗人出发之前的作品。"井上靖在这句话中定下了自己作为诗人的出发时期，证明分行诗是处于创作风格模糊期的作品。

为了确认没有收录在《北国》中的诗，也就是井上靖所说的"严格"意义上来说作为诗人启程之前的诗，笔者整理了他从昭和七年（四月进入京都帝大）至昭和十一年（三月从京都帝大毕业）间发表的作品。

青年井上靖

表2

年份	月份	作品	原载杂志	收录诗集	备注
昭和七年	一月	诗《晚秋赋》	《焰》第七卷第一号	春天	
	三月	小说《谜女》			○本应进入京都帝大文科哲学部学习，却应征去静冈
	四月	小说《夜霭》			
	五月	诗《晚秋赋》《不要呼唤春天》《昂首前行》《尾巴1》再次发表	《焰·年刊诗集》	春天	○本来应征去静冈加入了部队，但征兵召集令又被解除了。于是进入京都帝大文学部哲学部学习。此外，住所仍然是金泽市长町五番町五十五番地
	七月	诗《渴》	《焰》第七卷第五号		○本月二十日开始放暑假，回到静冈县田方郡上狩野村汤岛的老家
	十一月	诗《霭》	《焰》第七卷第十一号	春天	○住在京都市左京区北白川伊织町三一号的芦谷家。今后每日书写的话便会精力充沛
昭和八年	一月	诗《饿死》《路上》	《焰》第八卷第一号		

第四章 自立的探索

续表

年份	月份	作品	原载杂志	收录诗集	备注
昭和八年	三月	诗《裸梢圈》	《焰》第八卷第三号	北国	
	四月	诗《手相》	《日本诗坛》	春天	
	五月	诗《瘤疾》	《日本诗坛》	拾遗、春天	
		诗《无题（母亲啊）》	《焰》第八卷第五号	拾遗、春天	○迁居京都市上京区相国寺东门前町北诘的北岛家
	七月	诗《梅花盛开》（「梅ひらく」）	《日本诗坛》	北国、春天	
		诗《无题（下雨天，你）》	《日本诗坛》	拾遗、春天	
	十月				○目前回静冈县伊豆汤岛探亲，另外京都的住所将变更
	十二月	诗《乱伦》	《日本诗坛》	北国、春天	
昭和九年	三月	诗《裸梢圈》再次发表	《日本诗坛》	北国、春天	
		诗《不要呼唤春天》再次发表	《日本诗坛》	春天	
	四月	小说《初恋物语》			

青年井上靖

续表

年份	月份	作品	原载杂志	收录诗集	备注
昭和九年	十二月	诗《二月》	《结晶群》创刊号	北国、春天	
	十二月	诗《落魄》	《结晶群》创刊号	北国、春天、叙	
	不明	诗《早春》	昭和九年发行的《年轻日本》(「ヤング日本」)创刊号	拾遗、叙	
昭和十年	七月	戏曲《明治的月》(「明治の月」)			
	九月	诗《梅花盛开》再次发表	《圣餐》创刊号	北国、春天	
	九月	诗《裸梢圈》《二月》再次发表	《圣餐》创刊号	北国、春天	
	九月	诗《落魄》	《圣餐》创刊号	北国、春天、叙	
	九月	诗《乱伦》再次发表	《圣餐》创刊号	北国、春天	
	九月	诗《无题(下雨天,你)》再次发表	《圣餐》创刊号	拾遗、春天	
	九月	诗《小鸟死了》(「小鳥死す」)	《圣餐》创刊号	春天	○迁居,京都市上京区等持院公寓内

第四章 自立的探索

续表

年份	月份	作品	原载杂志	收录诗集	备注
昭和十年	十月	小说《红庄的恶魔们》			○《明治的月》于新桥演舞场首次上演，预计中旬上京
	十一月	随笔《观看〈明治的月〉》			
	十二月	诗《夜雾》	《圣餐》二号	北国、春天	○十月十七日在公司举办井上靖的上京欢迎会，出席者有林、南条、加藤、神山、今井、宫本重、福田。井上靖本人于十月十九日回京都；十一月二十四日结婚。作者按中写到当时的住址为京都市左京区吉田神乐冈町八－二十四号的足立文太郎家
昭和十一年	一月	诗《樱花散落》（「さくら散る」）	《作品》第七卷第一号《特辑新人大赛》	北国、春天	
	二月	诗《圣诞节前夜》	《日本诗坛》第四卷第二号	北国、春天	
	三月	戏曲《就职圈外》			

青年井上靖

续表

年份	月份	作品	原载杂志	收录诗集	备注
	四月	诗《过失》	《圣餐》三号	拾遗、春天	
昭和十二年	二月		《焰》十二年二月号		○获得千叶奖的长篇小说终于被刊登在《Sunday每日》上。好评如潮,过几天将举行庆祝会

说明：

（1）"北国"指井上靖首部诗集《北国》，昭和三十三年由东京创元社出版；

（2）"拾遗"指的是新潮社于昭和五十四年出版的《井上靖全诗集》中的拾遗诗篇；

（3）"叙"指的是教育出版中心于昭和六十年出版的《叙利亚沙漠的少年》（『シリア沙漠の少年』）；

（4）"春天"指的是平成元年福田正夫诗会出版的《不要呼唤春天》。

井上靖初期的诗中有许多诗作多次发表，特别是京都帝大时期的作品尤为明显。

以上，笔者在年谱中加入了四本诗集的收录情况，以此来客观地展现后来的井上靖如何定位自己的初期诗篇。井上靖在首部诗集《北国》的后记中写道，"诗的雏形还未形成"；在《井上靖全诗集》的拾遗诗篇中写道，"虽然的确是我写的东西，但严格来说是我作为诗人出发之前的作品"。对于这样的诗，应该如何评价呢？宫崎健三在

第四章 自立的探索

《叙利亚沙漠的少年》中写了如下后记。

> 井上靖的分行诗的确是年轻时候的作品,非常有趣。这种形式的诗多为抒情诗,也有人认为其作为现代诗太过古板,但这样一来诗的范围就太窄了。井上先生后期的诗写得十分出色,但年轻时候的诗中有着被现代诗抛弃的世界。希望年轻人们可以从中学到东西。抒情是年轻心灵的宝石。现代诗一般都舍弃了如此重要的诗,令人遗憾。

在《不要呼唤春天》的后记中,濑户口宣司提到宫崎健三的名字,说"他原本就是解说《不要呼唤春天》的最佳人选"。

关于井上靖自己不认同初期诗作的原因,借用宫崎健三的话来说,应该是因为初期诗作多为抒情的诗,作为现代诗来说太过古板吧。

但是,抒情诗究竟应不应该被明确定义和区分呢?塞西尔·戴·刘易斯(Cecil Day Lewis)曾说"现代是抒情诗难以成立的时代",诗的生命难道不是抒情吗?作者主观地表达主体的情感、情绪和经验,在读者体验共同的情境时,原本只是文字的诗词仿佛拥有了生命一般。笔者在此并不打算展开讨论抒情论,但正如本书开头通览井上靖

179

青年井上靖

初期诗作时所叙述的那样,初期诗作中描写了青年井上靖赤裸裸的灵魂轨迹。如果引用宫崎健三的话来说,那是"年轻心灵的宝石"。

这种融合了抒情主义与现代主义的诗,可以被称为井上靖在这一时期的诗歌作品群。

第五章　短暂的战争经历

1. 战时的诗

（1）《辻诗集》

山本健吉在《井上靖——作家的肖像》[1]一文中，将昭和十二年起至获得芥川奖为止的这段时间称为平稳的阶段，同时也是年谱上的空白期。

福田宏年则认为井上靖在开始创作诗歌、体验战场和成为新闻记者的时期是"沉默不语"的[2]。在本书中，笔者将调查井上靖试图忘却的关于战争的往事，尝试构建一个研究井上靖的新方法。

昭和十八年十月八日，日本文学报国会出版了《辻

青年井上靖

诗集》³"第一版一万部,定价二元①五十钱,加上特别行为税十钱,总价二元六十钱。编者为日本文学报国会代表人久米正雄"。诗集中收录了两百零八名诗人的诗作。当时,日本以国家分配印刷纸的方式限制言论自由,在大政翼赞会的管制下,诗人只能通过文学报国会发表作品(也有一部分同仁杂志在统一管理下依旧发行)。在《辻诗集》的作家列表中,安西冬卫、井上康文、川路柳虹、白鸟省吾、千家元麿、相马御风、高桥新吉、武井京、竹中郁、土井晚翠、野长濑正夫、日夏耿之介、福田正夫、堀口大学、三木露风、村野四郎、山本和夫等名家也赫然在列。而井上靖的名字也出现在以五十音序排列的第二十五人的位置。他发表的诗作是《颂春》。

颂春
井上靖

花未开 在我家狭小庭院中

沐浴着明媚春光

妻子对两个年幼的孩子这样说道。

在南方遥远的海上

为了筑造钢铁的战船

---

① 指当时的日元。

第五章　短暂的战争经历

越是年幼的孩子

越要节约今日的每一粒粮食

珍惜每一张纸。

莫名感怀，便走到北边窗前。

以前的春是怎样的春呢？

想到这里便不禁眺望远方。

远山上有积雪未消

庭院里虽尚未开花

但与繁盛天平①的春又是如此相似

在这繁盛的春日，为何袭来一阵感伤？

神明在此刻确确实实地

正降临到我们的生活之中。

《辻诗集》是政府为了筹集军费而组织全国诗人编纂的诗集，因此本诗以"筑造钢铁的战船"为主题，全篇充斥着"节约＝建造军舰"，即"在战胜之前别无所求"般的内容。

其他诗人的作品亦是如此。安西冬卫在诗中直言"尽快满足舰艇船舶的需求"，堀口大学也在诗歌《必死》的最后一句写道，"为了获胜，让我们献上军舰吧"，可

---

①　天平（729~749年）是奈良时代圣武天皇的年号。

谓是极其直白的表现手法。土井晚翠甚至为《街头诗》加上了"为促进建舰运动成功"的副标题。整本诗集中尽是这般平庸而无趣的作品。

在《辻诗集》出版之前，大政翼赞会文化部、日本文学报国会还出版过几本诗集，例如《诗歌翼赞（特集）》[4]、《继军神》[5]等。这些诗集规定了该时代的诗人的职责。

大政翼赞会文化部在昭和十七年三月十日发行的《诗歌翼赞（特集）》的跋中写道："用超越千古岁月的表现手法来展现从十二月八日凌晨起一亿国民所感受到的战栗——这正是诗人的职责所在，也必须是诗人的天职。（略）文学的价值判断应当交给后世来做。"（着重号为笔者所加）

昭和十八年一月刊《继军神》的序言中也提到："时至今日，必须展现出三千年间培育出来的日本民族的凝聚力，体现世间万物皆是军神之心，必须追随军神。值此再度迎来十二月八日之际，日本文学报国会接受大政翼赞会的委托，选择'继军神'这一使国民昂扬斗志的标语作为本诗集的题目，是意义深刻之举。"这明确地展示了当时诗人们的地位。

经过确认，除了诗作之外，井上还在同一时期发表了下列作品：

昭和十五年五月一日，评论《山西省的重要性》（「山西省の重要性」『観光東亜』日本国際観光局満洲支部発行）

同年五月五日，短篇小说《旧友》（「旧友」『京都帝国大学新聞』）

昭和十六年三月五日，短篇小说《绣眼鸟》（「めじろ」同上）

同年九月二十日，短篇小说《无声堂》（「無声堂」同上）

（2）《大东亚》

《辻诗集》出版翌年，诗集《大东亚》[6]也出版发行。《大东亚》第一版的发行时间为昭和十九年十月二十日，卖出三千本，定价三元三十钱，加上特别行为税二十一钱，总计为三元五十一钱。因为与《辻诗集》仅仅相隔一年，编者依然是日本文学报国会，主旨也相差无几。当时战况愈发紧迫，这本诗集还加上了"军事保护院献纳诗，日本文学报国会编"的副标题，共计一百八十九位诗人在这本诗集中发表了作品。

开篇由高村光太郎作序，与前一本诗集一样，安西冬卫、井上康文、川路柳虹、白鸟省吾、千家元麿、高桥新

青年井上靖

吉、武井京、竹中郁、土井晚翠、野长濑正夫、日夏耿之介、福田正夫、堀口大学、村野四郎的名字又一次出现,除此之外,室生犀星、佐藤春夫、西条八十等人的名字也在其中。

或许因为《大东亚》是献纳诗集,书中没有出现像《辻诗集》中的口号"努力制造军舰"一般的表达,诗人们分别从各自的观点出发,抒发了自己对战争的感受。这是《大东亚》与《辻诗集》的不同之处。然而,《大东亚》的目的依旧是为了推动战争而鼓舞国民的士气,因此,从作品中可以明显地看出日本文学报国会对诗人施加了有形或无形的制约。在一百八十九位诗人中,井上靖的作品出现在第十三位。与诗集中其他作品忠实履行了"让国民志气昂扬"的使命,纷纷赞美"皇军"相比,井上靖的作品显得较为温和。

走向山西

那里小山丘与水塘随处可见
不知名的野草郁郁葱葱
宛如地壳表层的地方。
而你便在那里长眠。
南京的陷落,夏威夷的轰炸
南海上的累累战果,你都不曾知晓。

第五章　短暂的战争经历

"走向山西！走向山西！"
亡君之魂
依然在嘶吼着五年前的誓愿。

终日呼啸着的狂风沉寂下来
闪烁的星光从云层间透出身影
每当与五年前相似的夜晚来临
我总会听到你的声音。
"走向山西！走向山西！"
你的悲鸣回荡在夜晚的海峡。

在你的墓碑之上
每日高高地飘着大陆的云朵
成群的乌鸦如尘埃般南下
五年时光飞逝
你的悲鸣常新。
徘徊在祖国大地从北到南
一亿人疲乏的生活四周
是持久不绝的战斗
"山西的群山"依旧耸立。
凝视那黝黑的山顶
一切一如五年前的那个夜晚

你的悲鸣如是说。

189　　与《辻诗集》中的《颂春》相比，《大东亚》中的《走向山西》明显蕴含着井上靖传达的有关"战争"的某种讯息，因此不能仅凭一句"在你的墓碑之上"便将其认为是单纯表达了惜别之情的诗。那么，《走向山西》究竟表达了怎样的含义呢？在下文中，笔者将以连接着《走向山西》与井上靖的线索为中心继续深入考察。

2. 作品中对于战争的描写

（1）从诗说起

190　　人们经常引用《瞳》[7]这首诗来说明井上靖的旁观者视角。

（前略）

如果我不曾拥有幼年时春日的那一时刻，如果我不曾窥探埋藏着刺客冷眸的幽暗地底，或许我会在二十岁时与朋友决裂，在二十五岁时奔赴思想运动，在三十岁时抱着绝望的心情渡过永定河，并在四十岁时留名于市井小巷。

然而,事与愿违。在那闪耀在永定河的波涛上恍如隔世的太阳光辉中,我恍然间迷失在这场不惜生命的战争中。除此之外,我对于所有的事物均抱着懈怠之心,保持旁观者的姿态。

许多研究者认为这首诗是井上靖的旁观者视角确立的证据之一,并加以引用。根据"在那闪耀在永定河的波涛上恍如隔世的太阳光辉中,我恍然间迷失在这场不惜生命的战争中"这一句,可以将这首诗理解为井上靖对于战争的体验。但是,《瞳》中所写的"不惜生命的战争"究竟是在战场上的真实体验,还是单纯的文学表现呢?

诗歌《元氏》[8]与《瞳》形成了鲜明对比。这首散文诗以"在河北省西南部一个叫作元氏的小部落"开头,可见其题材来自战争时服兵役的体验。

元氏

在河北省西南部一个叫作元氏的小部落,我们在断壁残垣上奋力地堆放沙袋。为了防范几小时后的袭击,我们忙于加强面前的壁垒,就这样渡过了傍晚时分。(略)

南下的鸟群飞过遥远的地平线。(略)

> 激战——这样的喧嚣甚至没有激起一粒飞尘。命运的序列，是的，我们拥有却不自知的命运的序列，毫不留情地展现在我们的面前，回荡在寂静的夜幕下。硫酸般的雨点无声地倾注在我们的精神上。

这两首诗都收录在井上靖的第一本诗集《北国》之中，分别写于昭和二十二年的七月和十一月，与《大东亚》中的《走向山西》（昭和十九年十月）相差三年，与《辻诗集》中的《颂春》相差四年。在这期间，井上靖发表了《石庭》和《友》（均载《京大学园新闻》，昭和二十一年五月二十一日），并将其作为战后最初的作品收录于第一本诗集《北国》中。两首诗的基调都是献给逝去学友的安魂曲。而《走向山西》是否也同这两首诗一样以安魂曲为原型呢？为了了解井上靖从战时至战后初期的诗歌作品在中心思想上发生的变化，必须首先挖掘井上靖的战争体验。

（2）从小说说起

井上靖是如何把在军队中的体验融入诗歌、小说等作品中的呢？在《某士兵之死》（「ある兵隊の死」）[9]中，可

第五章　短暂的战争经历

以看到"独立辎重中队 N 部队""在昭和十八年的十一月末，开始从驻扎了一个月左右的元氏向顺德府①行军，预计需要四天三夜"（着重号为笔者所加，下同）等描写。其他作品中的相关描写列举如下。

> 崎部应征入伍是在战争结束前一年的四月，他所在的部队在编成后的第二周就踏上了中国的土地，（略）部队停驻在一个叫元氏的小村庄时，收到了转向山西战线的命令，与此同时，崎部因患有脚气性心脏病而完全无法动弹，他离开了部队，被送往后方的野战医院。崎部的部队生活只有这短暂的半年。
> [《早春扫墓》（『早春の墓参り』）]

> 崎部自己当然也不愿意离开部队。他的部队在这二十天左右的时间里驻扎在距离元氏车站东南方向一里②的同名的小村庄里，昨天下午，部队接到了一个几乎出乎所有人意料的行军命令。（略）部队向着距离此处三十里的顺德府行军，预计需要四天三夜的

---

①　今河北省邢台市。
②　日本的距离单位，1 里约等于 3.927 千米。

青年井上靖

时间。

[《枪声》(『銃声』)]

昭和十三年一月二日,我作为一名士兵告别了自己所属的位于河北省南部的部队,为了前往石家庄的野战医院,我在一个叫作元氏的小站等候从前线来的火车。

[《敞篷货车》(『無蓋貨車』)]

本节最初引用的《走向山西》的重要中心思想就暗藏在《早春扫墓》"部队停驻在一个叫元氏的小村庄时,收到了转向山西战线的命令,与此同时,崎部因患有脚气性心脏病而完全无法动弹"这句话中。

让我们试着总结一下小说中的士兵形象。关于所属部队,《某士兵之死》的出场人物中有一个疑似井上靖化身的小杉一等兵。他是独立辎重中队 N 部队二小队十三班的士兵。《某士兵之死》与《枪声》使用了完全相反的描写方式,但两篇小说的中心人物都是尝试从军队这一社会环境中逃亡出来的小市民形象。"昭和十三年一月二日,我作为一名士兵告别了自己所属的位于河北省南部的部队,为了前往石家庄的野战医院,我在一个叫作元氏的小站等候从前线来的火车。昭和十三年一月三日早晨,我来到石家

第五章　短暂的战争经历

庄的医院，医院的人给了我一小块饼，放在饭盒盖上。"

作品中士兵的战场体验到此为止。通过验证，我们可以发现战后井上靖创作的小说都带有虚构性，诗歌与小说的差距也不言自明。当我试着从作家研究的角度进行分析时，不禁为几乎没人研究井上靖的战争体验而感到震惊。只有福田宏年在《增补井上靖评传录》中提到了战争体验，"或许是因为入伍时间较短，井上很少在作品或随笔中讲述野战生活"。

该书的年谱记载（实际奔赴战场的经历）：

昭和十二年（一九三七）

九月，日华事变①后应征，加入名古屋野炮第三连队[10]，驻扎在中国北部各地。

昭和十三年（一九三八）

一月，由于患脚气病，在应征入伍四个月后，被遣送回内地，四月退役。

井上靖的军队生活只有短暂的八个月，不知道他在这八个月间见到了什么，又思考了什么。

---

① 即七七事变。

3. 井上靖的战场体验

（1）关于部队名称

井上文在《我的夜间飞行》[1]中详细记录了井上靖的军队经验。

> 北支派遣军①辎重运输员、隶属新野中队的井上靖二等兵说自己在去了北支之后，对别人说《流转》②是自己写的，没有一个人相信。但是过了一段时间，身边的人开始渐渐评论他似乎是个大学生。在那之后，许多没有写过文章的人会羞怯地拜托井上靖为他们向故乡的妻子代写情书，他经常说，自己已经为好几个人代写。虽然不知道他究竟写了什么内容，但想必井上靖十分享受写作的过程。

文夫人的证言是确凿无误的，但是这些体验还不足以

---

① 即华北方面军。
② 井上靖「流転」有文堂、一九四八年。

第五章　短暂的战争经历

成为诗歌或小说的写作素材。为了确认，我又查阅了其他资料。在《井上靖与天城汤岛》[12]中，伊藤春秀的《出征士兵的回忆——井上靖与父亲》(「出征兵士の想い出—井上靖と父」) 一文中记载了如下内容：

> 昭和十二年八月二十五日，父亲（伊藤春秀的父亲——笔者注）、井上靖、西川正之和土屋喜三郎四人应征入伍。（略）据说他们在战地被分配到了辎重部队。相较于在前线推动战争的部队而言，他们的部队不仅要输送武器弹药，还需要搬送食物、被服等各种物资。虽说是经由已占领的阵地奔赴前线，但是不知何处出现敌人也是时有发生的事，可以说辎重部队是最易成为敌军目标的部队。父亲他们虽然在辎重部队，但实际上并不亲自运输货物，他们的任务是为保卫运输物资而战斗。因此，他们每时每刻都面临着巨大的危险，一天二十四小时都需要全神贯注，以提防敌军狙击手的袭击。

在这篇《出征士兵的回忆——井上靖与父亲》中出现的西川正之和土屋喜三郎的名字有误，我在此纠正一下，真实的名字应该是土屋正之和西川喜三郎。此二人与井上靖同属一个部队。

青年井上靖

其中，西川喜三郎将自己的军队生活详细地记录在自己的手账（以下简称西川手账）中，笔者在经过其遗属的同意后复印了其全部内容。在本书中，笔者将把西川手账视为强有力的佐证来推进论述。

此外，在西川喜三郎的参军纪念相册中，有一张拍摄于入营后不久士兵们被分配到民房借宿时的照片。照片上，井上靖站在最右边，三名士兵的脸上带着紧张的表情，并身着配有㊁部队臂章的军服。从这张照片可知，西川隶属新野中队，与井上靖一同行动。

借宿民居（昭和十二年九月六日，拍摄于名古屋水谷家中）

后排从左起是土屋正之、西川喜三郎，后排最右边为井上靖。三人都是肩章上有一颗星的二等兵。可以看到三人的左袖上有一个代表新野中队的㊁标识。

第五章　短暂的战争经历

西川手账在最初的两处提到了井上靖,原文摘录如下,未做改动。

十二年八月二十五日早上五点,我收到了召集令,于九月三日下午一点加入名古屋野炮三连队,并被编入新野队,土屋、井上、西川三人入住位于本邑舍人町的水谷家。

十二年十一月二十日早上七点三十分出发,下午四点到达高邑,当天井上君住院。

除此之外,西川手账中还记载了如下内容,与文夫人所言吻合。

请北支派遣加纳米山部队本部转交至大堀部队新野中队稻森队。

新野读作"Niino"(ニイノ),照片中他们手臂上的①正是象征该部队的标识。这一点证明了在《某士兵之死》等战争题材小说中出现的"独立辎重中队 N 部队"并非完全虚构的部队,也是井上靖的战争体验与作品的最初连接点。

青年井上靖

作品中对于"独立辎重中队 N 部队"的描写为"开始从驻扎了一个月左右的元氏向顺德府行军,预计需要四天三夜",笔者将在下一节中对其进行详细的考察。

（2）新野部队的行动记录

关于井上靖自身的参军记录,可见《新潮日本文学相册:井上靖》[13]中的《井上靖的军队手账》(「井上靖の軍隊手帳」),内容如下:

> 昭和十二年八月二十五日发布动员令〇同年九月三日应征加入野炮兵第三连队补充队,被编入第四兵站辎重兵中队〇九月二十二日从宇品港出发〇九月二十四日在釜山登陆〇九月二十七日渡过鸭绿江〇九月三十日经过山海关〇十一月十九日因脚气到石家庄野战预备医院住院治疗〇昭和十三年一月十五日在秦皇岛乘船〇一月十九日在大阪港登陆〇
>
> （原文中"〇"颜色较淡,笔者猜测是表示检查完毕①的意思——笔者注）

---

① 军队经常定期、不定期地检查所有人员的日记,目的之一是确认有没有乱写不该写的内容,所以会在士兵的日记本上画圈做标记,表示已经检查完毕。

第五章　短暂的战争经历

同为十七班成员的杵塚清次在其军队手账[14]中记录如下：

> 昭和八年度支部临时集训点名检查完毕
> 昭和十年临时集训点名检查完毕
> 昭和十二年八月二十五日发布动员令，同年八月三十日应征加入召集充兵的野炮兵第三连队补充队，被编入第四兵站辎重兵中队〇同年九月二十二日从宇品港出发〇同年同月二十四日在釜山登陆〇同年同月二十七日渡过鸭绿江〇同年同月三十日经过山海关〇在石家庄滏阳河附近参加会战〇（下文省略）

虽与井上靖的军队手账相比有些许出入，但将其与西川手账放在一起综合来看，我们可以基本掌握一直以来较为模糊的井上靖战争体验的概况。

井上靖从属于第三师团第四兵站辎重兵中队，别名大堀部队新野中队稻森队，井上靖从军时的经历[15]记录如下：

> 昭和十二年
> 八月二十五日　发布动员令
> 九月四日　动员结束

青年井上靖

　　（第三师团第四兵站辎重兵中队）

　　九月二十二日　从宇品港出发（乘坐"摩耶丸"号）

　　九月二十四日　在釜山登陆

　　十月一日　到达丰台

　　十月二日至十八日　在石家庄、滏阳河参加会战

　　　十二日在保定城　十七日在正定城　十九日在石家庄

　　十月十九日至十一月十九日　参加攻打太原的战斗

　　　三十日在赞皇城　八日在元氏城

　　十一月二十日至十二月十日

　　　二十日在高邑　二十二日在内邱①　二十三日在顺德府

鉴于上述记录与西川手账内容一致，基本可以认为这就是井上靖在部队时的大概行动情况。

（3）从华北方面军的立场来看

根据防卫厅防卫研修所战史室提供的《支那事变陆军作战〈1〉》[16]可知，华北方面军由第一军和第二军编成。

---

①　今河北省内丘县。

第五章 短暂的战争经历

在战斗序列表中,新野中队所在的第三师团第四兵站辎重兵中队被编入了第一军麾下。昭和十二年九月二十日,华北方面军作战课发表了《今后在中国华北的作战计划草案》,提出了以下方针:

> 方针
> 北支方面军占领京汉铁路沿线,根据需要为进攻南京、武汉做准备。与此同时,确保后方重要交通线沿线地区的安全,为建设北支防共地带打下基础。

这一方针是当时华北方面军的根本行动方针,然而上海战线的胶着状态和北方的对苏情况令日本的参谋本部难以放心,该方针本来是无法得到批准的。而在方面军内部,方面军司令官及参谋长也与方面军第一课课长山下大佐意见相左。可见在当时,实际上政府与军部之间、军部内部、海陆军之间、陆军省部之间、参谋本部内部、中央与地方军队之间等各个层面上都存在围绕方针的争执。这不仅是因为地方军队的领地意识和建功野心,还需要考虑到舆论和上级领导层对当地现状的无视,以及主观感情上想要扩大战线的倾向,因此无法一概而论。关于各方面围绕方针的争执,防卫厅防卫研修所战史室的看法是:"本书中所记载的时期正好与危机管理题材相符，因此期待后人的研究成果。"正因此时做出了错误的决定，后来日本才深陷中国战争之泥沼无法自拔。

回到刚刚的话题，第三师团第四兵站辎重兵中队所属的第一军在九月二十四日来到正定附近，这一天也是第三师团第四兵站辎重中队即新野中队在釜山登陆的日子。西川手账中写道："上午八点在釜山登陆，重装货物，直到正午。随后前往大厅町山村。"

当井上靖二等兵在釜山的民房中一直休息到第二天中午的时候，前线的作战部队已经如《瞳》中写的一样，渡过了永定河。第一军的作战部队于十月初从保定附近出发，开始向正定方面追击。十月六日，方面军向第一军和第二军发布了"方面军作命甲六十三号"，内容为"一举消灭河北平原地区的敌军"。第一军接受命令后在十月十日占领了石家庄，并沿京汉铁路追击中国军队；十月十五日占领顺德府，之后继续追击。随着补给线不断拉长，根据十月十七日发布的"方面军作命第七十九号"，第一军向彰德进军，第二军前往顺德府和南和附近追击。

一直到十二月为止，战况尤为激烈的是第十四师团追击队十月十三日在元氏北方的遭遇战和太原作战，后文中将酌情引用。不过可以说，井上靖所在的华北战线上虽然有中国军队残余抵抗尚存的可能性，但相较而言属于安全地带。

（4）所属部队的基本情况和人员构成

在第三师团第四兵站辎重兵中队的部队编成中，井上靖所属的是第二小队第十七班。当时，为了保护军事机密，全部以队长姓名称呼部队，因此便能够理解西川手账中记录的"大堀部队新野中队稻森队"了。稻森队的小队长是稻森祐一少尉，队员一共有一百八十三人（包括小队本部成员四人、分队长两人、班长十人和班员一百六十七人），队中拥有一百二十四马、二十把三八式步枪，可以说是一个几乎没有战斗力的运输部队。

新野中队所有的火器只有将校专用的手枪和六十把三八式步枪。平均分给三个小队的话，每个小队分别只有二十把步枪。这一数字与稻森小队一百六十七名班员的人数相比，实在显得微乎其微。除此之外，队内的兵器只有士兵们别在腰间的"牛蒡剑"。班号是接在第一小队后面的连续编号，因此第二小队稻森队的班号是从十一班至二十班。上文提到的步枪分配到每个班后，十位班长每人一把，此外班内的值班士兵每人一把，共计二十把。

了解部队基本情况之后，接下来介绍具体的人员构

青年井上靖

正在渡河的新野中队

成。在井上靖从军期间（第一次），人员名单如下（防卫厅防卫研修所战史室监修）：

  中队长及各小队长
  中队长　　　辎重中队　新野治
  第一小队长　少尉　　　泷恒雄
  第二小队长　辎重少尉　稻森祐一
  第三小队长　准尉　　　山本

  中队本部的成员
  会计室　主计少尉　　　　早濑信夫
  　　　　计手伍长（下士）　佐藤新一

第五章　短暂的战争经历

医务室　军医医官　　　　　　　山田正和
　　　　护士长、卫生伍长（下士）恒川幸信
　　　　护士长、卫生兵（上等兵）山本常春
兽医室　兽医少尉　　　　　　　铃木勇
　　　　蹄铁工长（下士）
　　　　兽医伍长（下士）　　　山口庄市
办公室　曹长（上士）　　伊贺三郎
材料　　骑兵军曹（中士）伊东房平
工资　　骑兵伍长（下士）涉谷敏雄
喇叭兵　骑兵上等兵　　　中村三郎
　　　　骑兵上等兵　　　增井政道
特务兵　佐野作藏　古木胜太郎　大岛喜藏

第二小队本部成员

小队长　　辎重少尉　　稻森祐一
小队直属　骑兵上等兵　渡边喜代尔
　　　　　护士上等兵　齐藤友吉
　　　　　值班士兵　　寺田尧荣

井上所在的第四分队第十七班的成员如下：

第四分队长　辎重伍长（下士）　藤城定夫

青年井上靖

班长	骑兵上等兵	沟口要平	
班员	新谷钤二	金子晴治	荒川仪平
	小玉得松	西川喜三郎	土屋正之
	浅野俊雄	松野次郎	平野谦三
	高田金广	疋田留作	波多野匠
	鸭下茂一	胜沼封一	杵塚清次
	井上靖	共十六名	

以上是从稻森小队长的资料中摘录的真实名单。如若人名中出现错误，请视为笔者誊抄有误，与原资料无关。

从编制表可知，只有第十二班、第十四班和第十七班这三个班是由十六人组成的，其他班级皆由十七人组成。班长当中出身于辎重兵科的只有第十三班的辎重上等兵寺田城次班长。

在部队相关人员中，笔者有幸获得了第二小队队长稻森祐一的谈话录、上文中提到的第十七班成员西川喜三郎的手账、杵塚清次的书信和资料，以及神谷钤二的资料和谈话录。据小队长稻森祐一的描述，部队的实际概要如下。

（5）稻森小队长的证言[17]

辎重部队几乎不具备战斗能力，在人员构成上，

第五章　短暂的战争经历

班长以上是正式的士兵[18]，并且是从辎重部队和骑兵部队当中各出一半人员组成的。班员几乎都是征召的三十岁至四十岁的士兵，很多人连马都不会骑。

士兵们虽然穿着军装，但基本上不具备军队的机能，说是军属也不为过。队里的车也都是货车，马匹中很多是中国的马，我们把那种马称为"挽马"①。

敌方发起了游击战，但其攻击只是偶尔从远方飞来一两发炮弹的程度。我们慌忙躲起来，直到确认四周安全了再出来。我们并未反击，或许"没能反击"这种表述方式更加正确。这是因为，攻击敌军是步兵的任务，而我们的任务只是将军事物资完好地送到目的地。当敌军人数较多时，我们会等待步兵将敌方镇压并击退之后再继续搬送物资。我们并非战斗部队，上级也命令我们极力避免参与战斗。

在这样的情况下，在我担任小队长这一职位的这段时间内，印象里战死者只有一人[19]。最初的一两年内，我们没有经历过一场像样的战斗，但那时我们在战地的生活是一场接着一场的野营，对健康十分不益。我们原本就是以应征兵为主的部队，士兵们远远称不上身强力壮，再加上卫生条件堪忧，血便等症状

---

① 拉车的马。

青年井上靖

时有发生。曾经有一次我们夜里进村，用村里的井水煮饭，第二天早上发现井里竟有一具死尸。

正在渡桥的新野中队（拍摄于昭和十二年前后）

新野中队在没有道路的野外行进

据神谷钖二所说，"爬这个坡用了一小时左右，爬上去后前方就是平原，往远处可以望见万里长城"。

第五章 短暂的战争经历

(6) 战友的证言

杵塚清次生前曾和家人说起：

> 我与井上靖相处的时间很短，那段时间我们一直在安全地带行动，没有遇到过战斗，最辛苦的就是野营了。井上靖主要负责做本部的工作，扛着护卫用的步枪前行，没有拿过缰绳。他当时看起来并不像是生病了，走之前也没有打招呼。空闲的时候，我请他教过我柔道。昭和十四年，我升为上等兵，井上还曾写信祝贺我。

"空闲的时候，我请他教过我柔道"这句话使人联想到井上靖在四高时的柔道经历。而从"井上靖主要负责做本部的工作，扛着护卫用的步枪前行，没有拿过缰绳"这句话可以了解到井上靖在部队内的活动。藤泽全的《青年时代的井上靖研究》（第464页）中刊载了一封井上靖写给父母的书信。

> 敬启。让二老担心我感到万分抱歉。从昨天起我幸运地被调入中队本部，工作变轻松了许多。虽然工作比以前繁忙，但是身体很轻松，我以后好像不用再

青年井上靖

骑马了。新野部队长非常亲切,对我的能力也给予了高度认可。

从这封信中可以得知,井上靖从属于部队本部,而关于这一点,神谷钐二这样对笔者讲:

> 井上靖基本上算是一个正式的第十七班班员,部队里的床铺也是按照沟口班长、我(神谷)和井上的顺序摆放的。他(井上)没有马,也不负责护卫的任务,空闲的时候经常被部队本部叫去处理事务。硬要说的话,他的工作大多数都是些杂役[20]的活。

杵塚与神谷二人的证言中有不同之处,而结合藤泽全的调查则可发现,三人的证言在"帮部队本部做事"这一点上是一致的。关于这一点,我在井上家里向文夫人提了许多问题,也包括关于井上是否从属于部队本部这一疑问,文夫人如此说道:

> 丈夫似乎只是普通的士兵。他不负责牵马,只是扛着步枪走路,所以我想,可能是护卫的工作吧。关于战场,有两件事是他经常提起的。
>
> 一件事是有一次在行军的途中,他把步枪的枪栓

第五章　短暂的战争经历

弄丢了，虽然回去找了，但是没有找到，正当一个人发愁的时候，战友从其他的班偷了一个出来，帮了他一个大忙。还有一件事是有一次从船上的吊车运送来一匹悍马，周围的士兵们都接二连三地负伤了，他担心自己有一天也会受伤。丈夫从战场上回来之后也时不时会梦见马，我想那对于他来说应该是十分恐惧的经历吧。丈夫连小狗小猫都不愿接近，更别说马了，想必他会感到非常害怕。但是他说还好部队里有土屋（据说同样是汤岛出身的土屋正之在应征之前是马夫——笔者注），他给予了自己许多帮助。

听了文夫人的证言，我越发觉得井上靖在寄往家中的信里提到的"调入中队本部"应该只是为了让父母和妻子安心而写的。至于为什么要应召入伍前往中国，据神谷所言，"其父是军医少将（母亲是农村军人妇女部部长），如果每次（一共被征召三次）收到征兵召集令都当天回乡的话会让父母在面子上过不去"。由此可以推想，井上靖特意在信中写自己从属于本部，应该是为了保住父母的面子。从前面第 4 小节"所属部队的基本情况和人员构成"中可以看到，中队本部成员里并没有井上靖的名字。结合文夫人、杵塚的证言可以得出，井上靖实际上只是去本部临时帮忙。一般来说，部队本部的士兵都是遴选出的

203

青年井上靖

优秀人才,无论从人际关系(父亲为军医少将退役)、思想层次,还是学历(其他士兵通常都是小学毕业,而井上靖是旧制京都帝国大学毕业的学士)来看,井上靖如果真的进入部队本部也不足为奇。

说到在部队中的真实情况,睡在隔壁床(准确来说应该是草席)的神谷的证言比杵塚的证言更加具体,可信度也更高。但我绝不是在否定杵塚的证言,或许井上靖曾经也扛过步枪,但更多时候应该是像神谷说的那样在本部里帮忙吧。与神谷相关的资料中,有许多地方提到了井上靖,其中有一个水壶可以证明两人之间的关系。神谷在中国发现了一个水壶,井上靖在水壶上面刻了"人生亦野战也"这行字和自己的名字。神谷将这个壶送给井上靖,而井上靖又将其带回了日本。战后,神谷上门拜访井上靖时,井上又将水壶送还神谷,随水壶一起赠送的还有下面的一篇文章。(在文夫人的请求下,神谷又将该水壶送还井上家。)

> 大雪之日,在北支元氏站告别
> 于二十二岁的今天,再度相逢。
> 曾一同刻下"人生亦野战也"
> 而青春与战斗皆已远去,
> 往事种种,如梦如幻

第五章 短暂的战争经历

回首已是茫然。

昭和三十四年六月三日　井上靖（印）

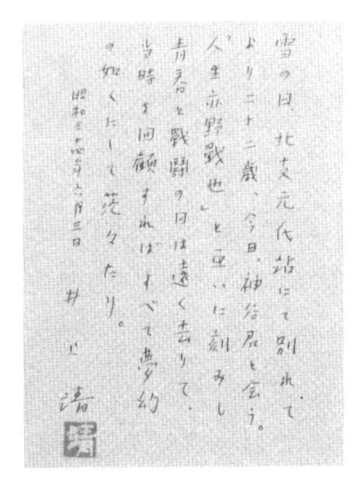

井上赠神谷的文章

神谷钤二拜访井上靖在东京的家时，井上靖将此文及水壶一起交给他。据说当时井上靖对着水壶问："你要不要去神谷先生那里？"

象征两人友谊的水壶

这个水壶上刻着"人生亦野战也"，展现了井上靖与神谷钤二两人在中国结下的友谊。背面刻有"昭和十二年明治节（十一月三日），井上靖撰文，神谷钤二雕刻"的字样。

笔者同文夫人确认之后，她表示对神谷来家中拜访确有印象，可以说作为战友，神谷证言的可信度极高。而神谷的证言与开篇引用的井上文夫人的记述也基本相符。

青年井上靖

其中只有一点不同，那便是神谷所说的"有关《流转》和学士学位这些事，沟口要平班长和西川喜三郎在入队的时候就知道了，我也曾经听说过"。不过可以说，井上靖在军队内很少主动地讲述自己的经历，是一个比较沉默的人。神谷还说："从刚见面的时候起，他一直是个体格健壮的士兵，行为举止像是一个柔道家，但是作为一个士兵，他不够活跃，只顾着留意自己的身体健康。"据神谷说，在与井上靖的对话中，印象比较深刻的是有一次在行军的休息时刻，井上问："神谷君，这个水不知道能不能喝？"在中国战线上，井里出现死尸、小溪上游躺着爬满蛆虫的尸体是常有的事，神谷在证言中也提到，当其他士兵大口喝水的时候，井上靖往往犹豫不决。可以说通过这一点看到了井上靖新的一面。

至于关键的战斗部分，笔者在综合了杵塚和神谷两个人的证言后得出下列结论。

杵塚虽然说过"我们一直在安全地带行动，没有遇到过战斗"，但实际上那里一点儿都不安全。在行军途中，有时会遇到打扮成卖菜商人、手持日军司令部发行的证明书的农民（买卖人），从猫耳洞①中向士兵射击；晚上野营的时候，也遇到过身着农民衣服的中国士兵空手潜

---

① 指单人用的小掩体、战壕。

入营地掠取物资。而"扛着护卫用的步枪前行"这一句的真相则与下述原因有关。在班员当中，没有被分配到马匹的井上靖成为搬送分到班里的两把三八式步枪的负责人。所有的班员都不愿意搬送沉重的三八式步枪，于是长官便强制将这一任务交给了没有马的井上。最终，井上不得不扛着步枪行走在中国的土地上。

这样也就有了弄丢枪栓后一个人绝望地回去搜寻、被悍马吓得心惊胆战的战场生活。至于三八式步枪的使用情况，据神谷称，"井上一次也没有用步枪瞄准过敌军"，不知道这究竟是幸运还是不幸。

（7）战争体验的真相

接下来，笔者将以西川手账为中心，结合稻森小队长的回忆以及杵塚清次的书信，具体地总结井上靖的战争体验。

西川、土屋和井上三人在九月三日入营，入营后第四天（九月六日）起进行了为时四天的演习，当时的演习还是像样的训练（在寄给父母的信中写到九月七日加入中队本部），之后在名古屋的射击训练就只用了一天（九月十三日）。九月十七日部队处理了一些杂务，同时下发了出动命令，十七日之后先乘坐列车、再乘船、最后再坐

青年井上靖

列车,从名古屋经广岛、宇品、釜山、奉天、天津,最后于十月一日到达丰台。从这一天开始,井上靖作为一名真正到达中国的士兵开始了军队生活。

十月三日 今日分马,上级会将马分给我们。
十月四日 今日上午分发被服,从夏装换冬装,下午洗澡。

从上述记载可知,到达丰台后最初的四天较为悠闲。新野中队开始第一次辎重运输任务是在十月七日。

十月七日 上午九点从丰台出发,下午八点到达良乡宿营。

之后几乎每天都有重任:八日宿营,九日露营,十日露营,十一日露营,十二日在保定中学宿营,十三日露营,十四日露营,十五日露营,十六日露营,十七日宿营,十八日宿营,十九日休息一天,二十日下午保养马具车辆,二十一日接到命令,二十二日露营,二十三日宿营,二十四日返回,二十五日发俸禄、休息,二十六日露营,二十七日露营。不过从这时起一直到十一月二十日井上靖入院,并没有进行真正的辎重运输。就算有,也是当天往返。前文中也提到，新野中队本部的安排如下：

> 十月二日至十八日　在石家庄、滏阳河参加会战
> 　　十二日在保定城　十七日在正定城　十九日
> 　　在石家庄
> 十月十九日至十一月十九日　参加攻打太原的战斗
> 　　三十日在赞皇城　八日在元氏城

虽然与西川手账中记载的内容完全不符，但地名是一致的。或许中队里以小队、分队为单位各自的任务有所不同。

在此对属于第十七班的井上靖在中国的生活情况进行总结。他在中国参与军务的总天数是四十九天，宿营七次，露营十次。（根据辞典中的解释，宿营是指住在军队的营地中，而露营指在野外建造营地。但是稻森小队长称，实际上所谓的露营是睡在没人住的空房子里。）

考虑到"辎重运输"这一任务，为了避免遭遇夜袭，士兵们没有采取真正的露营。此外，如稻森小队长所言，最初的战地生活都是野营，这使得在原本就以应征兵为主的部队里卫生状况低下、血便等症状时有发生。

十月二十四日，接到石家庄附近的中国军队内发生了霍乱的情报后，第一军进行了霍乱的疫苗接种。除此之外，十月一日起部队还申请了五天休假。从西川手账中可

以看到，随着战线不断逼近，形势也逐渐严峻起来。但是井上靖在军队的这四十九天里环境相对良好，部队也处于较为安全的状态。

（8）在部队中的情况

无产阶级作家在军队里似乎容易被排挤，但是在井上靖与第十七班班员相处的过程中并未发生此类事件。甚至如文夫人所言，当井上靖把枪栓弄丢之后，战友还帮他从别的班偷了一个出来（在重视数量的旧陆军部队，弄丢了天皇分发的三八式步枪的枪栓必然会吃不了兜着走），而昭和十四年杵塚清次被升为上等兵时，井上靖也特意写信祝贺他。由此可见，当时并未发生被班员疏远的情况，井上靖只是作为一个普通的士兵在部队内执勤。神谷钎二还做了如下补充：

> （井上靖）在部队中很少说话，经常受沟口班长之托写东西，他曾经问过我汉字的写法。那个汉字并不是难写的字，小学毕业的我也能回答出来，我当时还觉得奇怪，明明他能够轻松写出许多我不会读的难字，为何这个字却写不出来呢。当时部队内的氛围很轻松，所以（井上靖）也一直用温和的语调说话，

班长非常喜欢他。

这段证言与井上靖在描写西域的小说里的内容正好吻合。以《敦煌》为例，主人公赵行德虽然腹有诗书，但体格羸弱，作为一名非汉民族的士兵，由于会写字，得到了百人长朱王礼的认可。在作品中，朱王礼对赵行德说了这样的话：

> 我要是会写字，绝对混得比现在好。只要不识字，就算你立了再多的军功，地位也升不上去。以后我会好好重用你的，有需要的时候你就到我这里来，帮我读总部发来的命令。

其他的士兵通常都是小学毕业（文夫人说沟口班长曾以骑自行车卖冰激凌为生），而井上靖则是旧京都帝国大学毕业的学士。这一事实与神谷所说的"被部队本部叫去处理事务"正好将作品里的人物台词与作者的真实体验联结了起来。

（9）作为病号的井上靖

井上家的次子井上卓也在《再见了，我的教父》[21]中

青年井上靖

写道：

（前略）入职每日新闻社的第二天，父亲就应征入伍，被送往中国大陆，但是在北支驻扎没多久，平日里绝对不生病的父亲却不知为何患上了严重的脚气病，入伍四个月便退役回到日本。在部队长的许可下，父亲前往野战医院，医生一看到父亲那肿胀的脸便说"你该回去了……他只对我说了这样一句话。说实话，那一刻是我人生中最轻松的时候"。父亲从没提起过所属部队之后的命运，所以我也不得而知。

文夫人在《我的夜间飞行》中写道："靖在十二年九月于名古屋加入部队，第二年一月因为脚气病和肾脏病等，全身肿得厉害，被医院送了回来。"井上靖在部队中的病情又是如何呢？其作品中曾经描写过一个在草席上痛得满地打滚的士兵形象，而年谱中也提到其患有"脚气病"，伊藤春秀则说"不知道是痢疾还是伤寒"。稻森小队长虽然没有与井上靖接触过，但也提及"每个士兵当时都拉肚子"。然而，同为第十七班班员的杵塚说："他看起来不像生病了的样子。"另外，同班班员神谷钎二也表示："并没有病情发作，也没有看到他痛苦的样子，只是注意到他走路的时候脚步沉重，所以怀疑过是不是脚气病。还在本国原来的队伍中时，西川喜三郎曾经说过井上胸闷不舒服之类的，然而当时我并没有把他的话放在心上。"在此，我们不得不更加倾向于相信细节较多的杵塚和神谷的证言。然而，神谷曾经送井上靖到元氏站确为事实，说明当时井上靖的身体状况已经不好了。就这样，井上靖终于得以逃离元氏站，也成功逃离了战线。

（10）与部队分别

关于实际的分别场景，稻森小队长的描述是"四周一片雪白，好像当时正好下了雪"，神谷的证言则是："我一个人带着井上，穿过元氏城中空无一人的雪后的高粱地，把他送到了一里路外的辎重运输车上。列车迟迟不来，我们站在下着小雪的站台上，担心列车会不会不来了，并约定好如果彼此都活着，一定要再见一面。"

对于部队里即将离队的士兵，并不是每个人都能够前去送别的，像杵塚在证言中所说的"走之前也没有打招呼"的情况也是可以理解的。神谷也说："我在车站待了一会，但是不知道车什么时候会来。心里虽有留恋和担心，但还是把他一个人留在站台，先回部队了。"从中读不出小说中描写的那种慌乱感，或许当天部队里并没有紧急任务。

青年井上靖

据西川手账的记录,十一月十八日"当天下雪,没有安排"。两天后,井上靖入院了。

关于在车站分别的场景,笔者得到了如下证言:"说是车站,其实只是在车道旁边建了一个木板房而已,原本先遣队的人在木板房里驻扎,但是我们到的时候一个人也没有。"一个人在车站等候的井上靖与来接他的士兵之间发生了怎样的对话已无从得知。神谷在证言中说:"甚至不知道那些人是哪个部队的。"

前文引用过的防卫厅防卫研修所战史室的资料中提到,华北方面军自十二月开始正式通过了由第二军填补第一军防备薄弱地区的作战计划。考虑到第一军和第二军之间或许存在人员联动,目前关于元氏站的部分还处于一片空白的状态,没有任何线索。如今许多相关人士已经故去,这部分或许会成为永远解不开的谜团。

诗《分别》(「別札」)是井上靖在晚年发表在《鸽子啊》[22] 一九九〇年四月号上的作品,以"在河北省京汉铁路元氏站旁,我仰面躺在泥地上"开篇。

> 如果要从八十年的人生中选一个"分别",我会选择昭和十二年十一月,深夜在元氏站与站长的那一次分别。(略)我在异国他乡的雪夜,于一个小车站经历了真正的分别。

诗歌中提到的日期、地点和场景等要素与前文的叙述均吻合。正如神谷所说的"我一个人带着井上，穿过元氏城中空无一人的雪后的高粱地，把他送到了一里路外的辎重运输车上。列车迟迟不来……"那时的井上应该无法一个人行走，列车久久不来，井上靖二等兵在车站里体验到了终生难以忘怀的强烈的离别感，周围茫茫白雪覆盖着大地。

4. 井上靖战争系列作品的真相

从描写亲身经历的作品到战争结束后不久撰写的战争题材小说，再到以西域为背景的作品，纵观井上靖作品的变化轨迹便不难发现，关于战争的描写，在后来以中国为题材的作品的情景描写中几乎随处可见。

《某士兵之死》中描绘了这样一幅画面：部队的最后一辆车逐渐被广袤无垠的雪原吞噬，消失在了城外。与之类似的还有《苍狼》中冒雪行进的蒙古军队、《楼兰》《敦煌》里沙漠中的商队，以及《洪水》中描绘的人类在自然面前的无力。这些视角都是一致的，均描绘了在历史悠久、幅员辽阔的中国土地上人类活动的变化无常。此外，战争题材小说设定的情节也大都是将匆忙启程的部队与一个住院的士兵进行对照描写，使得作品轮廓更加清晰。并且，由于作品中的描写是在亲身经历、传闻收集以及后续的资料整理的基础上加入虚构的创作，所以文章都不难理解。但是，这里想要明确的是，在这个时间节点上，井上已经开始以一个旁观者的角度观察部队了。在此之前他仅仅是部队中的一个成员，而自这时起井上已经将自己从部队中脱离了出来，以旁观者的身份进行写作了。这一点是毋庸置疑的。

可以确定井上与新野中队的最后分别是在元氏城，因此第二节开头引用的诗《元氏》中所描绘的战争场面以及《瞳》中所描绘的"永定河"，他均未亲身经历。与所属团体分离，独自一人住在医院的孤寂之情与喜悦之情掺杂在一起，这样复杂的心理在井上靖的人生中占据了相当大的比重。此外，与新野中队诀别之日漫天飘雪，这也可以被看作井上靖将白色的意象深深地镌刻在心中的原因之一。

长谷川泉列举了在井上靖的文学家形象形成的要素中不可忽视的四大支柱：其一是"高中时期的诗作"；其二是"京都帝大文学部哲学系美学方向的就读经历"；其三是"记者经历"；其四是最为重要的"山川阅历"。[23] 对"山川阅历"给井上文学带来的影响进行考察就会发现，在中国北方的从军经历，即在异域的"山川阅历"，对井

第五章　短暂的战争经历

上具有非常重要的意义。此外，在之后的井上文学中，"山川阅历"也常常与"历史"联系起来，被看作井上靖的创作源泉之一。

　　第四个支柱"山川阅历"也包括了应征入伍、出征北支的经历，总体来说，井上游历过很多"山川"。井上靖出生于北海道。父亲是军医，由于父亲工作上的调动辗转各地，搬过多次家。曾随母亲及祖母移居至原籍汤岛，后又在静冈、东京、丰桥、台北（中国）、金泽、福冈、京都、大阪、西宫、名古屋等地有过短暂居留。辗转于各地的经历在不知不觉间形成了井上的历史意识。虽说大多是在日本国内移动，但正是这样才奠定了其作品中与年少回忆关联的故乡情怀。并且，当井上的"山川阅历"开始向异国拓展时，其历史年代的标尺也远远超出了在国内时的规模。"地点"和"时间"的对应融合，构成了悠久历史中的一个个齿轮。

　　井上靖应征入伍，被迫生活在异域大陆即北支那的这段经历并没有维持太久。但是，也多亏了这段经历，井上将其与历史紧密结合了起来，并以此为契机，后来游历了罗马，走过丝绸之路，去过苏联、美国，走访了喜马拉雅等各种各样的异域山川。对于作家来说，从历史中汲取营养，能够使作品更加有深度和广度。

虽说小说有所谓的现代小说和历史小说之别，但从本质上来说，小说都是历史的具体表现。但如果反过来说，即使给历史穿上新装，也无法将其称为严格意义上的历史小说。由此可知，让"地"与"时"深度融合，使作品由内而外地散发历史气息，这才是最重要的。井上靖的"山川阅历"助其充实了内心，完美地诠释了上述理论。

援引长谷川泉的论点，从多故乡的视角分析井上靖成长过程中经历的地点时，按照顺序排列的话应该是旭川、汤岛、沼津、金泽、福冈、弘前[24]和京都，除此以外，元氏作为井上靖西域作品创作的原始体验，也应加进去。而且，元氏可以称得上是中国大陆诗情画意的原创，作为井上靖精神中的一张原风景绘画作品深深地镌刻在了他的心里。

5. 再论战时的诗

为了更好地理解《走向山西》，笔者以井上靖的从军经历为中心，尽可能详细地进行了验证。在此过程中，井

第五章 短暂的战争经历

上战争经历的轮廓变得明晰,与此同时,作品间的差异性也逐渐明朗。最终得出的结论是:井上靖并未将本人的经历平铺直叙般地反映在作品中,而是将事实和抒情巧妙结合去进行创作。以此为视角我们再次来看《走向山西》。

山西指的就是山西省。这一点从上文所叙述的新野中队的战斗经历中也能确定。此外,"每日高高地飘着大陆的云朵。/成群的乌鸦如尘埃般南下"以及《元氏》中的"南下的鸟群飞过遥远的地平线"的描写可以从西川随笔中得到证实:"昭和十三年三月十二日停驻汾阳休养一日,每日可见数十只甚至多达上百只大雁南飞,实属罕见。偶尔还可看见鹤飞过。"这说明井上靖作品中的描写是基于亲身的体验。这些文字形象生动地描绘出了身在异国的淳朴士兵因陡然察觉季节变换而感到诧异的心情,因此《元氏》也被升华为以中国大陆的异乡人为主题的作品之一。

此外,第三师团第四兵站辎重兵中队(大堀部队新野中队)在与井上靖分别后往山西省方向行进。在《早春扫墓》中,井上如是写道:"那年十月,部队停驻在一个叫元氏的小村庄时,收到了转向山西省战线的命令,与此同时,岐部因患有脚气性心脏病而完全无法动弹……"正如西川的手稿所证实的一样,小说和《走向山西》原本的作品主题都基于真实经历,但若仅凭借片面的知识,

青年井上靖

很容易产生真实经历就是作品世界的错觉。

关于长谷川泉对于井上靖的研究，上文中引用了第四个支柱"山川阅历"。接下来想谈一谈第三个支柱"记者经历"。作为报社的记者，要具备客观分析事实的能力。这一点与上文所述的"山川阅历"分别从不同的侧面支撑着井上文学。根据年谱，井上成为每日新闻社大阪总社的记者是在昭和十一年八月一日，他当时在"Sunday 每日"编辑部工作。

之后，在应征入伍那年的二月成为学艺部直属的新闻记者。记者需要有洞悉万物本质的能力。此外，作为学艺部的记者，还需要拥有对于艺术作品的绝对的审美能力并肩负着向读者进行解说的使命。井上靖以这样的视角观察着战场，那么，在文学作品中是如何体现的呢？昭和十五年五月一日的《山西省的重要性》中得出了以下结论。

> 山西各地有无尽的地下资源，仅预估开发利润就可达五百亿日元之多。此资源于全东亚来说可解必需品短缺的燃眉之急，须尽快扩大开发规模。换言之，此资源乃日满支全部产业的原动力所在。此外，开发此处当以完备的交通网为前提，这是当前最紧要的事项。当然，扩充交通网并非山西一处之急，但因山西

第五章　短暂的战争经历

所占资源具有其他省份无可匹敌之绝对优势，因而应率先考虑充实山西交通网，此理不言自明。

关于日侨在山西的开发，我们应采取绅士的态度，努力获取友邦民众的信赖，正确引导双方合作。若错误地带着战胜优越感去对待民众，绝无可能获得民众的衷心协助，反而可能导致开发的延迟，甚至是东亚新秩序建设受阻。因此，日后日侨开展相关工作时还望多加留意，耐心应对，就此搁笔。

井上从军时期正值华北方面军战线扩张之际，战线胶着并且战况变得对日军不利是在向山西省进军之后。而南部的上海战线早已陷入胶着状态。之后，防卫厅防卫研修所战史室批判军部在这需要进行危机管理的时候做出了错误的应对，从而导致中国战线扩大、日本陷入战争泥沼。

《走向山西》中描写的"南京的陷落""夏威夷的轰炸""南海上的累累战果"，均是太平洋战争爆发的昭和十六年前后战线扩大时期的事情。这一阶段日军以破竹之势发起进攻，是他们最为辉煌的一段时间。然而，早在昭和十二年，井上应征入伍，在被编入第三师团第四兵站辎重兵中队之际，对于日本帝国陆军的极限，以及人类力量在中国大陆广阔的自然环境面前的微不足道，井上早已本能地有所感知。因此说井上早已看透这场战争的结局也并

青年井上靖

不奇怪。

仅在中国战线就已焦头烂额，何况日本后来还企图开辟新的战场，其结果自然是可预见的。同时，井上在归国后作为新闻记者凭借敏锐的洞察力在报社大显身手。在此基础上，我们再次品读《山西省的重要性》一文时，方能领悟井上靖想要传达的信息。"关于日侨在山西的开发，我们应采取绅士的态度，努力获取友邦民众的信赖，正确引导双方合作。若错误地带着战胜优越感去对待民众，绝无可能获得民众的衷心协助，反而可能导致开发的延迟，甚至是东亚新秩序建设受阻。因此，日后日侨开展相关工作时还望多加留意，耐心应对，就此搁笔。"这是井上十分明确地对军事优先思想敲响了警钟。

作为一名新闻记者，又曾是一名从军士兵，井上与其他以情感宣泄为目的的从军记者不同，直接着眼于军队组织的阴暗面以及日本对外宣扬的国家方针与其真实状况。他甚至反而对在部队中学习到的中国文化和风土人情，以及在那里生活的人们产生了浓厚兴趣，进而自然而然地开始着眼于历史，掌握了很多相关知识。

《走向山西》发表于昭和十九年，时值大本营[①]频繁发布公告、物资日趋不足，以及言论管制等诸多矛盾暴露

---

① 日本军部在二战中设立的军事最高指挥机构。

第五章　短暂的战争经历

的时期，国内万众一心支持战争的气氛早已不复存在。《走向山西》被收录在诗集《大东亚》中，只有日本文学报国会成员才被允许在这本诗集上发表作品。当时正是通过限制纸张供应来打压自由言论的时代。作为报社记者的井上更能深刻地领悟到这一点。

在这样的时代里，写作中不得不掺入一些赞美的词句。这也是《颂春》与《走向山西》不同的原因之一。日本文学报国会的编辑方针曾在前文叙述过，因此《走向山西》在更为自由地抒情的同时，也在其中穿插了一些隐喻。

> 徘徊在祖国大地从北到南
> 一亿人疲乏的生活四周
> 是持久不绝的战斗

这首诗中部分内容也属于战时标语的一部分，若褒义地进行解读，可以视其为迎合上层的举动。然而，这种程度的迎合和诗集《大东亚》中收录的那些露骨地赞美"皇军"、极尽谄媚的作品相比，实在不足为道。但是如果没有这句话，这个作品可能就要被湮没在那个时代了。该作品并未涉及军国主义，也未提及皇国臣民的自负，有的只是平平淡淡的抒情和对战友无尽的惜别之情：

青年井上靖

"走向山西！走向山西！/亡君之魂/依然在嘶吼着五年前的誓愿。"对诸多在战争中倒下的战友们祭出的安魂曲成为该作品的主旋律。

此外，这里的"亡君"并非第十七班的战友，恐怕是在井上人生中匆匆路过的那些朋友吧。但是如若仅此，那这首诗就只是单纯的抒情诗了。在井上靖作为诗人的精神谱系中，如果回顾起每日新闻社记者这一要素，就会发现新的线索。

231 　　《走向山西》是不是一首顺应时代潮流、推崇战争的诗？这一点需要由读者自行判断。至此本书阐述的是，回顾井上靖自身的战争经历之后，我们逐渐可以清晰地看出其作品并非完全虚构的，而是以自己的亲身经历为基础创作而成的抒情诗。此外，所抒之情的主旋律并非只是对战友们的哀悼。"亡君之魂/依然在嘶吼着五年前的誓愿"也抒发了"我"在葬送了哀号不已的亡君灵魂之后自身的存在。

身在异国，与所属集体脱离后产生了无尽的孤独感。倘若一只野生动物脱离了它的所属集体，那必定意味着死亡。并且，井上与集体诀别的地点是在铺满了白雪的荒野之上，对于曾是组织成员的人来说必然会感到孤独吧。因此不难想象孤狼长嚎般的哀愁镌刻在了井上靖的精神

224

第五章　短暂的战争经历

之中。

早在弘前时期，井上靖就将白色作为一种美学象征，用来表达孤独，但这里的白色凝聚了更为坚固的东西。

此外，对井上靖而言，虽然从部队脱离出来有些寂寞，但不可忽视的是自己有了能活着回去的保障。井上靖在这种矛盾掺杂的现实中，将战争的经历进行了整理、保存、再现，并在这个过程中尝试拓展白色的意象模式。这与福田宏年指出的"白色河床"蕴含着作者心灵和精神的基调这一看法便联系了起来。福田认为，这种基调"并非现代意义上的虚无主义，也非佛教中所说的无常观，更不是单纯颓废的人生观，可以说是包容了这一切的、一种钻研至深的命运观"。这里想再重复一遍，井上靖并不是简单地基于自己在战争中的实际体验来进行创作的，而是首先将所有事实吸收到他的内部，再经由他的精神过滤，萃取出其中的精髓部分，最后，这种提炼出来的情感形成一种贯穿井上文学的脉络，那就是《本觉坊遗文》中冰冷的砾石路和福田宏年所指《猎枪》中的白色河床的源泉。并且，它们象征的命运观，正是支撑着井上文学诗意的核心。

长谷川泉点明了井上文学研究的要点，诗作、美学、记者、场所这四个视点首次在《走向山西》中有了交集。这是井上在成为职业作家之前创作的作品，因此并没有

青年井上靖

表现得像《本觉坊遗文》中冰冷的砾石路和《猎枪》中的白色河床那么明显。但是孤独感和命运观的主基调贯穿《走向山西》全诗。孤独感是井上文学的一大特性。"而今听亡君之哀号，就是我存在的全部意义。""君之哀号我定耳听心受。"并且，这也与作为诗句的最高潮被反复使用的"走向山西！走向山西！"和"你的悲鸣回荡在夜晚的海峡"相互呼应。这个作品中表现的世界，体现在诗的开头部分："那里小山丘与水塘随处可见/不知名的野草郁郁葱葱/宛如地壳表层的地方。/而你便在那里长眠。"诗中说，在这片与中国北方相似的土地站立着的，唯"我"一人。此外"终日呼啸着的狂风沉寂下来/闪烁的星光从云层间透出身影"的描写也容易让人联想到孤独。"一切一如五年前的那个夜晚"，亡君之哀号在与君一对一的交谈中逐渐清晰，这也是"我"的孤独之所在。

井上靖晚年在《鸽子啊》上发表了如下一篇诗作。

无声堂

（略）

如此这般浮现在我眼前的已分不清是无声堂还是战场了，在这样一个不可思议的舞台上，出现了在全国高专柔道大会上拼搏夺冠的我和同期选手们的身

第五章　短暂的战争经历

影。每个人都身披戎装。(略)就这样,曾身处无声堂的我们,如今已脱下柔道的戎装,身处枪林弹雨、炮火轰鸣的战场之中。(略)

现在想来,我们每个人身处"无声堂"中,每天都在与即将到来的战场中的"死"展开对决,与自己对决,这样的训练碾碎了我们的身心。

桥爪、榎、佐竹、山根,诸多年轻人战死在中国和南洋的战场。再往后,还得再算上十名部员的生命。我也曾身披戎装,远渡大陆。后侥幸存活,回归故乡。偷活了茫茫八十余载,时至今日。

从文中我们可以看到"亡君"之姿,更能看到在言论受限的年代里作者隐藏至深的为逝者哀悼的自我主张。井上靖哀悼那些在一去不复返的宝贵青春年代里向死而生却客死他乡、马革裹尸的旧友,其中当然也包含了对前途无量的朋友高安敬义的战死的惋惜。这让人能够切实感受到工藤茂在《挽歌的源流》中指出的"爱别离苦的文学"的萌芽。笔者从福田美铃本人口中得知,晚年的井上靖曾对福田美铃说:"我在青春时代举枪送别了诸多好友。"井上的这些发言,大概是一个孤独活在世间的灵魂为一个时代的送葬吧。用这个角度再次品读《走向山西》时会发现,《走向山西》中所体现的抒情终归作为井上靖小说

青年井上靖

中的诗情不断成长了起来。此外,可以清楚看到这个阶段的作品体现了井上靖作为记者所具备的透析时代的洞察力、旁观者的视角以及以抒情为核心的文体,这些都是井上文学的重要特征。

中文版后记

本书作为现代诗人论丛（六）于一九九五年一月由土曜美术社出版发行。这套十三卷的丛书基本涵盖了大多数有关现代诗人的论述，本书是其中第六册。（顺便提一下，丛书第五册是《宫泽贤治论》。）

土曜美术社出版发行的综合月刊《诗与思想》，是一本在日本全国享有很高知名度的诗刊，出版社也常年专注于诗的出版发行工作。

正如副书名"诗与战争"所展示的那样，本书通过考察作家井上靖在其青年时代的苦恼和他同时期尝试创作的一系列诗作，以及其后的战争体验，尝试揭开井上成为职业作家路上最神秘的那段时光的面纱。

在这里不得不提的是，这种研究方法源于笔者在读研究生时受到了恩师相马正一老师（已故）的熏陶。相马

青年井上靖

正一老师当时作为太宰治研究的第一人活跃在日本学术前沿,并出版了十余种研究专著。其中的第一本是《青年太宰治》(『若き日の太宰治』津軽書房、一九六八年)。出版经历大致如下:

（以下信息来自青森近代文学馆相关资料。）一九五六年青年相马正一读到了奥野健男的《太宰治论》后便有了如下疑问:"将太宰治文学全部归为私小说范畴是否妥当?"以此为契机,他作为太宰治文学的追踪者,走访了与其相关的人员,逐步探究太宰治的人物形象。

这是恩师相马正一的实证性研究方法。笔者完全受到恩师这种研究方法的影响,其结果就是有了本书这样的收获。具体来说,恩师常讲"不要转引,去追溯原文""用脚去调查,用眼和耳去确认",如果能做到这些,"资料自己会开口",还有"不懂就老老实实写不懂"。还有很多,大致都是类似这样的教诲。

不像今天这样,那可是一个没有网络的时代。走遍了全国之后的收获,就是发掘到一些新事实和未公开发表的作品。只要有了足够的点,便能汇成一条线。只要有了足够的线,便能聚成一个面。本书就是经过这样的过程才完

中文版后记

成的。当时正值相马老师的著作《青年坂口安吾》(『若き日の坂口安吾』洋々社、一九九二年）即将付梓的最后阶段。因此笔者也效仿恩师著作，将本书命名为《青年井上靖》。岁月如梭，一晃已经过去快三十年了。还记得当时将这本刚付梓出版的书亲手交给井上文夫人（已故）的时候，从她那里收到了一枚书签，上面写着："感谢您不辞辛劳地辗转各地调查。"

后来，《井上靖全集》（新潮社）编纂时的编者曾根博义老师（已故）向我咨询过好几次关于井上初期诗作的问题。曾根老师也在全集的月报中记载了本书所具有的学术价值。此外，《井上靖：诗与物语的飨宴》（曾根博義『井上靖　詩と物語の饗宴』至文堂、一九九六年）中收录的《井上靖的青春彷徨：昭和五年的轨迹》[1] 一文也在本书论述的弘前视点之上，一边引用本书中介绍的井上靖在弘前时期给诗友宫崎健三写的书信，一边进行论述。

在这里，需要特别说明一下本书中没能正确、全面理解的一部分内容，那就是井上靖柔道部退部事件的真相。前几年在金泽开完井上靖研究会的夏季会议快返程的时

---

[1] 「井上靖　青春彷徨　昭和五年の軌跡」。

候，在兼六园，与井上修一先生①像兄弟一样畅谈之际，笔者询问："井上家还有柔道部时期的什么资料吗？"修一先生回答道："哎呀，那已经送到静冈去了，我也和那边打个招呼，你去看看吧。"

听到此话后，笔者立刻奔赴静冈的井上靖文学馆，在仓库最里面的一个纸箱子里发现了一封信。笔者根据新发现的足立浩资料，在学会杂志《井上靖研究》第十七号（二〇一八年）上发表了题为《〈北之海〉：柔道部退部事件的真相》②的论文。当时写这本书时还有很多地方没有搞懂，但现在好多事情都已经逐渐清晰了。正如新发现的这份足立浩资料一样，拼命找的时候找不到，泰然自若等待的时候资料自己就会飞过来，真是让人觉得不可思议。

近年来，经常听到从事井上靖研究的中国年轻学者、研究生对我说："拜读了老师的大作，对我的研究非常有帮助。"虽然觉得这可能只是一句客套话，但还是觉得非常高兴。

我希望借着这次中文版的发行，让更多读者理解我故去的恩师相马正一老师传授给我的实证性研究方法，愿这本书能对诸位的研究发展有些许助益。此外，特别感谢将

---

① 井上靖的长子。
② 「『北の海』柔道部退部事件の真相」。

本书中很多晦涩难懂的日语准确翻译为中文的南京大学的刘东波老师。最后，也借此机会对为本书刊行提供了很多协助的社会科学文献出版社甲骨文工作室的编辑沈艺女士表示由衷的谢意。

  于大东文化大学中国文学科 宫崎润一研究室
            二〇二〇年六月

译后记

二〇二〇年一月三日，诺贝尔奖评选资料——一九六九年评选议事录公开。该资料显示，日本作家井上靖在一九六九年诺贝尔文学奖评选中被正式列为候选人。虽然此前有很多传言，但此次资料的公开，证实了文学界多年的疑问。此次新资料的公布，一方面证实了井上靖文学在世界文学界受到的认可，另一方面为我们重新思考井上文学在世界文学中的价值，提供了一个良好的契机。

井上卓也（井上靖次子）在《再见了，我的教父》（一九九一年六月，文艺春秋）一书中记录了井上靖对诺贝尔奖的看法："天上掉下一块石头，全世界几十亿人，谁知道砸谁头上，砸得中才怪呢。反而那些想着能被砸中的人才是奇怪，而且不会不好意思吗？"井上用诙谐的说法回答了对诺贝尔奖的看法，因此井上卓也说"父亲用自己独到的解释，彻底地否定了对诺贝尔奖的期待"。此

译后记

外,据井上修一(井上靖纪念文化财团理事长、井上靖长子)回忆:井上靖自从担任日本笔会会长以后,就成了诺贝尔奖获奖大热门,每年十月的第二个周四的晚上,井上家都会有大批记者蜂拥而至,井上家会提供好酒好菜,让大家等待结果公布。

井上靖是一位文学大家,"养之如春"是他的处事原则。正如改编自井上靖同名小说的影视作品《我的母亲手记》中展示的那样,井上家经常有很多出版社编辑、记者等人拜访甚至留宿,与上面井上修一所言完全一致。此外,井上靖在日本近现代文坛上也是一位承前启后的作家。川端康成去世后,井上担任首任川端康成纪念会理事长并创立川端康成文学奖。井上常年担任评奖委员,甚至坚持到他去世前一年(一九九〇年)。此外,井上与山本健吉、中村光夫三人编写了《川端康成全集》(全三十五卷,新潮社)。不仅如此,井上也积极提携后辈作家,培养出了像山崎丰子这样的优秀作家。正所谓"文如其人",很多研究者都认为井上靖的文学非常"温暖""纯净",当然,这也许并不适用于井上靖所有的作品,但贯穿了井上文学的始终。日本的近代与现代的区分并没有那么清晰,学界也一直没有定论,因此很多人会将明治维新(一八六八年)之后到现在统称为近现代。在日本近现代文坛中,夏目漱石、川端康成、井上靖等作家看起来并不是单

青年井上靖

纯的作家，他们在用文学叙事的同时，也承担了很多社会责任，从某种意义上来讲，这类作家的魅力不仅仅在于他们的文学作品，还在于他们的为人处世和社会活动。这类文人以文学作品为主要媒介，全方位地引领着日本近代社会的思潮，他们一生对社会的奉献，使得日本近代的文艺界更加立体和饱满，充满了人情味。

本书翻译出版的契机，也是一个充满人情味的故事。译者二○一九年在日本获得文学博士学位并于年底回国到南京大学任教。离开日本之前，井上靖研究会的秘书长、本书的作者宫崎老师特意对译者讲："听说中国大学教师的竞争很激烈，我也帮不了你什么，但是我有一本学术著作，写得还不错。如果东波君有意愿，我可以无偿授权你翻译，如果需要出版费用我来负责，这样的话，你起码会有一本译著傍身，可以为你职场竞争加分。"听到宫崎老师的话后，我立刻想到了井上靖说过的"养之如春"四个字，虽然不忍心告诉他中国大学唯"C刊"论的残酷现实，但还是从心底感激他，也想将此事办成。之后也经历了很多波折，最后通过上海译文出版社的编辑叶晓瑶女士，将本书的出版策划案转交到了社会科学文献出版社甲骨文工作室的编辑沈艺女士那里。沈编辑很快来信联系表达了对本书的兴趣，并让我提交部分试译文稿，以便社内讨论选题。众所周知，甲骨文工作室出品的译著整体质量

译后记

非常高，在国内也受到读者的广泛好评，所以译者也没想到本书会被甲骨文工作室看中，意外之余也略感欣喜。试译文稿提交没多久，沈编辑就通知我选题通过，并给我详细地讲述了一些翻译体例和格式的问题，也指出了我译文中的一些问题。之后我便带着收到的出版合同和宫崎老师约在东京车站见了面、签了合同。

回国之后没多久，新冠疫情开始肆虐，等我回过神来想买口罩的时候，一只都买不到了。那时日本还没有暴发疫情，宫崎老师在询问我翻译进度时多次询问疫情如何、生活如何。我很难为情地说，一切都好，就是买不到口罩，不敢出门。没想到他听到后，立马跑出去买，那是二〇二〇年的一月，东京的口罩已经被抢购一空。于是他跑回群马县老家，在群马家中附近的一家药妆店买到了一大箱口罩，并立马用 EMS 快递了过来。国际快递比平时慢很多，但幸运的是我在一月底便收到了宫崎老师寄过来的第一箱口罩。是的，这是第一箱。又过了一周，我收到了第二箱口罩。第一箱塞满了同一品牌的八盒口罩，但打开第二箱后，我看到了有五个品牌的口罩，其中甚至还有儿童用两盒。（后来他说，开始限购，乡下也买不到了，跑了好几家店凑了一箱。）我发信息问宫崎老师后，他说："我知道你在老家，你们家人多，长假结束后上班的时候，你们分一分，都保护好自己。"连忙各种道谢之后，

·237·

我提出要汇款，宫崎老师很认真地说："我们日本是一个地震频发的国家，我能体会得到灾难之前的无助，别的我也做不了什么，这些口罩算我送给你们家的，不要钱。"后来日本疫情逐渐严重起来，口罩也成了稀缺物资，甲骨文工作室了解到情况后，筹集了一批口罩从北京邮寄给宫崎老师。宫崎老师在上班后，将这批口罩分给了大东文化大学的同事们，让大家十分感动。说起来，这些互助与感动都与本书的翻译出版工作有关，这也再次说明围绕本书发生了很多充满人情味的故事。

在翻译本书的时候，遇到过很多困难，其中很多地方的叙述比较复杂，需要和作者确认，宫崎老师非常支持我的工作，多次在线上为我答疑解惑。正如宫崎老师自己在中文版后记中叙述的那样，本书最大的特色就是"实证性"。译者回国近一年，对国内学术生态和学术研究现状产生了很多困惑，甚至有人公开评论道，"长期在日本接受教育的学者，会不自觉地受到日本学术的影响，有意无意地带上了所谓'和臭'"，并批判日本学者重材料、重实证、重考据，但缺乏"思想高度"与"理论分析的深度"。

对于这种言论，本不必太在意。但译者发现，这确实是中国当今学术发展的现状，一些国内所谓高端或者权威期刊很少刊载像本书内容一样的实证性研究成果。在本书

译后记

中，作者通过大量实地调查和资料收集最大限度地还原了井上靖的青年时代，也解开了年谱中隐藏的很多谜团。通过作者对井上早期诗作的细节考证、对比分析，我们知道了青年井上靖在四高柔道部的心路历程及其对文学创作形成的影响。通过作者对井上靖战争经历的实证研究，我们知道了井上对战争与文学的理解和态度。没有一个文学批评理论可以独立于文学文本而单独存在，也没有一个文学研究可以抽离实证研究而成立。不知何时开始，学术研究要"言之有据"，这一点基本的要求竟然也需要呼吁了。希望本书对一些迷茫的研究者能有所启发，这也是本书翻译出版的初衷之一。

此外，井上靖与战争的关系，历来在井上靖研究中较少被提及，除了本书中介绍的内容，近年也出版了井上靖的行军日记。井上行军日记的出版，不仅鲜明地展现了井上厌恶战争的态度，也从另一个侧面印证了本书内容的可靠性。除此之外，井上一生中到访中国多达二十七次（据大连外国语大学何志勇副教授统计），从这一点来看，井上靖完全有资格被称为中日友好交流的使者。

如果要问文学到底有什么力量，日本近代社会中掀起的"敦煌热"便可以很好地回答这个问题。二十世纪末，敦煌文化风靡日本全国，无数日本游客前往敦煌探访莫高窟。经过译者近年的研究，这种社会浪潮形成的原动力，

青年井上靖

除了敦煌学在日本的快速发展、敦煌壁画展在东京的举办，最大、最直接的因素就是井上靖创作的中国西域题材历史小说《楼兰》《敦煌》的发行，以及井上靖亲自参与制作的日本放送协会（NHK）"丝绸之路"系列纪录片的播放。在日本的战后恢复期，井上文学犹如一抹亮光，照进了无数普通民众的心里，让大家对对西域充满向往，对未来充满希望。要了解这样一位伟大作家，请从他的青年时代开始，请从翻阅本书开始吧。

刘东波

二〇二〇年十一月十五日

于南京大学侨裕楼

注释与参考文献

第一章

注释

1. 『北の都は秋たけて 四高六十余年の歩み―第四高等学校史―』財界評論新社、昭和四十七年十月二十五日。
2. 『現代文学アルバム⑮ 井上靖』一书中也收录了京都帝大新闻的照片，但内容稍有出入。此外，藤泽全『若き日の井上靖研究』（三省堂、一九九三年十二月）一书中引用的内容与本书相同。
3. 藤沢全『若き日の井上靖研究』三省堂、一九九三年十二月。
4. 井上靖「青春を賭ける一つの情熱」、『私の自己形成史』新潮文庫、昭和五十一年十月。

青年井上靖

5. 坂入公一『井上靖ノート』風書房、昭和五十三年三月。

6. 福田宏年『増補　井上靖評伝覚』集英社、一九九一年十月。

7. 安藤良雄「二十二　昭和史の開幕」、『国民の歴史』文英堂、昭和四十五年五月。

8. 「北辰」（マイクロフィルムナンバー　112-3昭和三年七月）金澤大学図书馆藏本。

9. 上田正行「「北の海」―四高時代から見る―」、『国文学 解釈と鑑賞 井上靖の世界』至文堂、一九八七年十二月、118頁~125頁。

10. 「南下軍」石川近代文学館藏本、昭和三年。

11. 参照注9。

12. 大里恭三郎「『夏草冬濤』論」、『国文学解釈と鑑賞 井上靖の世界』至文堂、一九八七年十二月、116頁。

13. 井上靖『わが文学の軌跡』中央公論社、昭和五十八年。

14. 増田潔「『夏草冬濤』の悪童たち―洪作と小林と私―」、『文芸静岡』第16号、昭和四十三年三月二十二日。

15. 今村充夫『旧制四高青春譜』のといんさつ、一九八六年七月十二日、339頁。

其他参考文献

奥野健男『現代の文学 12　井上靖論序説』講談社、昭和四十八年六月、408頁。

井上靖「現代の随想 1」、『井上靖集』彌生書房、昭和五十六年三月。

宮崎健三『現代詩の証言』宝文館出版、昭和五十七年十一月。

宮崎健三「井上靖初期詩篇拾遺資料」、『和光大学人文学部紀要』第 19 号、一九八四年。

『石川近代文学全集』第七巻「井上靖」、能登印刷出版、昭和六十二年九月。

宮崎潤一『井上靖研究―若き日の魂の軌跡―』私家版、平成三年二月。

曾根博義『群像日本の作家 20　井上靖』小学館、一九九一年三月。

第二章

参考文献

宮崎健三『詩界』、昭和四十七年三月、日本詩人クラブ機関誌。

福田宏年『井上靖評伝覚』集英社、一九七九年九月。（此处为第一章注 6 的早期版本——译者注）

青年井上靖

　藤田龍雄『青森県文学史3』北方新社、昭和五十五年五月。

　相馬正一『若き日の太宰治』筑摩書房、一九七〇年九月。

　井上靖「今さんと私」、『今官一作品』月報、津軽書房、昭和五十五年。

　「編輯後書」、『文学abc』。

　井上靖『幼き日のこと・青春放浪』新潮文庫、昭和六十一年。

　井上靖『わが文学の軌跡』中央公論社、昭和五十二年四月。

　宮崎健三『現代詩の証言』宝文館、昭和五十七年十一月。

　『井上靖全詩集』新潮社、昭和五十四年十二月。

　『焰』昭和四年六月号。

　『高岡新報』昭和二年一月一日至六年十二月。

　『北冠』創刊号至最終号、宮崎健三藏本。

　『焰』从昭和二年至六年、福田美鈴藏本。

　『日本海詩人』从昭和二年至六年、宮崎健三藏本。

　焰叢書1『春を呼ぶな』福田正夫詩の会、一九八九年十一月。

　長谷川泉「現代文学史における井上靖」、『井上靖研究』南窓社、昭和四十九年十月。

曾根博義「井上靖初期詩篇解題」、『日本大学文理学部人文科学研究所研究紀要』平成六年三月三十日。

第三章

注释

1. 到昭和十一年的《过失》（载《圣餐》第三号）为止，井上靖的初期诗作仅目前能明确判断的有九十四篇，包括就像在《尾巴》等作品中能见到的那样重复发表的作品（曾根博義『井上靖初期詩篇解題』）。其中《不要呼唤春天》中收录了四十一篇。将拙著《井上靖研究——青年时代的轨迹》卷末的资料（根据发表顺序，将井上靖初期诗作按照原本的表记全文登载）与《不要呼唤春天》的原稿校样（福田美铃所有），以及《不要呼唤春天》的定稿对照阅读后发现，在原稿校样上，井上靖的修改集中于标点、旧字体、误排及现代不再适用的表记等。其中较大改动的是《圣诞节前夜》（「聖降誕祭前夜」），井上靖用自己独特的字体写上了"诸多风流韵事的编号与清单""宣读"，以及最后的"不知道多少次将目光朝向手表。那一刻正在接近着""转身迈出成圣的那一刻"等内容。

第五章

注释

1. 山本健吉「井上靖—作家の肖像」『群像』講談社、昭和三十七年八月。

2. 福田宏年『増補　井上靖評伝覚』集英社、一九九一年十月。

3. 日本文学報国会『辻詩集』杉山書店、昭和十八年十月八日。

4. 大政翼賛会文化部『詩歌翼賛』目黒書店、昭和十七年三月十日。

5. 大政翼賛会文化部『軍神につづけ』昭和十八年一月。

6. 日本文学報国会編『大東亞』河出書房、昭和十九年十月二十日。

7. 井上靖「瞳」『北国』東京創元社、昭和三十三年三月。

8. 井上靖「元氏」『北国』東京創元社、昭和三十三年三月。

9. 「ある兵隊の死」及其后「早春の墓参」「銃声」「無蓋貨車」的底本均参见『井上靖小説全集 3 霧の道　比良のシャクナゲ』新潮社、昭和四十九年五月。

10. 从户籍来看，井上靖加入的应该是第三师团第三十四连队。学研的《现代日本文学相册15》第123页刊登了井上靖的照片,其图题为"昭和六年九月,随着满洲事变爆发应征入伍,加入静冈第三十四连队的井上靖"。在这张照片中,井上靖身着从日俄战争至昭和初年期间的卡其色军装,佩戴二等兵肩章,根据兵种而颜色不同的立领两边写着连队号码三十四。

11. 井上ふみ『私の夜間飛行』潮出版社、平成五年一月。

12. 『井上靖と天城湯ヶ島』天城湯ヶ島町役場発行、平成三年八月二十二日、36頁。

13. 『新潮日本文学アルバム井上靖』新潮社、一九九三年十一月、41頁。此外,《井上靖展——文学的轨迹与美的世界》(『井上靖展—文学の軌跡と美の世界』每日新聞社、一九九二年九月)等书中也有记载。

14. 笔者得到杵塚清次遗属的同意后复印了其军队手账。

15. 参考《我的战记》(「わが戦記」)。这是一份由新野会事务局根据新野中队队长和友田诚一的笔记总结的文件,篇幅仅占一张B4纸,发行日期等信息不详。

16. 防衛庁防衛研修所戦史室『戦史叢書支那事変陸軍作戦〈1〉昭和十三年一月まで』朝雲新聞社、昭和五十年七月二十五日、354頁~372頁。

17. 稻森小队长的证言较长,笔者在不变更原意的前提下进行了归纳。

18. 指上等兵以上的职业军人。

19. 西川手账中第一次出现战死者是在昭和十三年二月十八日。当天的汇报里写道："击败了七百个敌人，我方战死二十七人。"昭和十三年四月十二日，"在 banda 村待命，五名步兵负伤。夜里能听到很多枪炮声。当天步兵小队长牺牲，步兵负伤三十人，三人战死"。五月十八日，"沼津的佐野战死"。从华北方面第一军战斗序列来判断，步兵的出身地各不相同，而战死的佐野很有可能就是"稻森小队第一次召集编成表"中从属新野中队本部的特务兵佐野作藏，也就是新野中队中第一个在战争中牺牲的人。而井上靖在前一年的十一月就已离开新野中队。

20. 此处的杂役并非指侍从，而是办事员的意思。

21. 井上卓也『グッドバイ、マイ・ゴッドファーザー父・井上靖へのレクイエム』文藝春秋、一九九一年六月二十日、87頁。

22. 『鳩よ』マガジンハウス、一九九〇年四月号。

23. 長谷川泉編『井上靖研究』南窓社、昭和四十九年四月、16頁。

24. 弘前经历请参见第二章。

图书在版编目（CIP）数据

青年井上靖：诗与战争/（日）宫崎润一著；刘东波译．--北京：社会科学文献出版社，2021.1
　ISBN 978-7-5201-7340-7

　Ⅰ.①青… Ⅱ.①宫… ②刘… Ⅲ.①井上靖-诗歌研究　Ⅳ.①I313.072

中国版本图书馆CIP数据核字（2020）第180485号

青年井上靖
——诗与战争

著　　者	［日］宫崎润一
译　　者	刘东波
出 版 人	王利民
责任编辑	沈　艺
出　　版	社会科学文献出版社·甲骨文工作室（分社）（010）59366527 地址：北京市北三环中路甲29号院华龙大厦　邮编：100029 网址：www.ssap.com.cn
发　　行	市场营销中心（010）59367081　59367083
印　　装	北京盛通印刷股份有限公司
规　　格	开　本：889mm×1194mm　1/32 印　张：8.375　字　数：155千字
版　　次	2021年1月第1版　2021年1月第1次印刷
书　　号	ISBN 978-7-5201-7340-7
著作权合同 登 记 号	图字01-2019-3679号
定　　价	56.00元

本书如有印装质量问题，请与读者服务中心（010-59367028）联系

版权所有 翻印必究